ローウェル骨董店の事件簿

交霊会とソルジャーベア

椹野道流

角川文庫
20650

The Case File of Lowell Antiques

CONTENTS

The Case File of Lowell Antiques

CHARACTERS

デリック・ローウェル

検死官。戦争で左目と右手に傷を負った。一見クールだが、熱くなることも多い。

デューイ・ローウェル

ローウェル骨董店店主。物静かな性格。強い信念のもと兵役を拒否した過去がある。

エミール・ドレイパー

スコットランドヤードの刑事で、兄弟の幼なじみ。妖精のような美少年に見えるが結構な大人。

ケイ・アークライト

デューイの親友の遺児で、共に暮らす。日本人の母を持つ。父の死のショックで声を失っていた。

一章　思いがけない話

ロンドン中心部より北に位置するエンジェル地区。

地下鉄の駅が出来、人の往来が増えつつあるこの場所で、二代にわたって営まれる小さなアンティークショップがある。

緩くカーブした通りに沿って並ぶフラットの一軒、その一階部分を店舗にしているという、実にささやかな店構えだ。大きなガラス窓から店内が覗《のぞ》けるものの、店名を刻んだ小さな真鍮《しんちゅう》のパネルが扉に打ち付けてあるだけなので、飛び込みで来る客はそういない。そんな、知る人ぞ知る店の一つだ。

店名は、店主の姓を冠して、「ローウェル骨董店《こっとう》」という。

先代店主は家具を得意としていたが、今、店を切り盛りする二代目は、自分の審美眼にある程度かなうものなら、アンティークだけでなく、その手前のいわゆるヴィンテージと呼ばれる品物や、時にはガラクタ同然の古道具まで手広く扱っている。

何しろ、思いのほか長引き、驚くほどたくさんの人命が失われた第一次世界大戦のせいで、大英帝国の経済状態は悪化し、アンティークを買い求める余裕のある人はそう多くない。

これまでの上顧客であった貴族たちは、戦場で子息や使用人たちを失い、家の存亡の危機に直面している。

アンティークを買うどころか、むしろ古物商をこっそり屋敷に呼び、大切なコレクションを売って屋敷の維持費をまかなう羽目になっている人も少なくない。

誰もがそれぞれの世界で必死に足掻《あが》き、この荒波のような時代を生き抜こうとしているのだ。古物商も然《しか》りで、店舗が自宅を兼ねており、しかも店員を雇っていないので、ローウェル骨董店もどうにか経営を続けることができている。

そんな厳しい日々を送るこの店の主《あるじ》、デューイ・ローウェルは、昼なお薄暗い店の中で、週末に納品予定の銀のカトラリーセットの手入れをしていた。

先日、とある貴族の屋敷に呼ばれ、買い取りを依頼されたものだ。

先代から付き合いのある名家であるし、極めて確かな品でもあるので、慎重なデューイにしてはかなり思いきった値段で買い取ったのだが、どこから噂が流れたものか、すぐにアメリカの大富豪から問い合わせが入った。

土曜日の船で、このカトラリーセットは、新大陸に向かって旅立つことになる。

デューイはまだアメリカ大陸に行ったことはないが、想像を絶するほど広大な土地だという。カトラリーセットの新しいオーナーの屋敷も、きっと壮麗なものなのだろう。

何もかもが最先端の新品で埋め尽くされたアメリカの豪邸のテーブルに、長年、名家で大切に使い続けられた紋章入りのカトラリーが恭しく並べられる光景を想像すると、何とも不思議な気持ちがして、デューイは手を止めた。

成り上がりと見下すつもりは微塵《みじん》もないが、新しい国で未来ばかりを見ているはずのアメリカ人が、わざわざアンティークを買い求める気持ちを、デューイは上手《うま》く理解することができずにいる。

弟のデリックは「箔《はく》を付けたいだけだろ」とこともなげに断言していたが、本当にそれだけだろうか。

もしかすると、アメリカ人は、歴史というものに憧《あこが》れているのではないだろうか。

デューイ自身、古いものに囲まれていると、不思議と心が落ちつく。

古い器物に残された小さな傷や塗装の微《かす》かな剝落《はくらく》を見ていると、かつての持ち主の息づかいが聞こえてくるようで、デューイはそれがたまらなく好きなのだ。

同じ兄弟でも、デリックはむしろ「誰かの気配を感じる」ことが気持ち悪いらしく、身の回りのものは新品で固めているので、骨董商の子に生まれたからアンティークが好きだというわけではないのだろう。

(歴史が浅く、前だけを向いて進まざるを得ない合衆国の人たちが、ふと自分たちのルーツを感じてホッとできるのが、この国の骨董品なのかもしれないな。たとえ血縁はなくても、祖先を家に招き入れるような気持ちになれるのかもしれない)

そう考えると、品物を見知らぬ地へ送り出すことにやや消極的だったデューイの気持ちも、幾分前向きになってくる。

「末永く、大切にしてもらえればいいが」

小さく呟《つぶや》いて、デューイは磨き上げたディナーナイフを机の上のランプにかざし、満足げに頷《うなず》いてケースにセットした。

ひときわ大きな物音に視線を上げると、一頭の馬で小さな客車を引くハンサムキャブが、車輪の音を響かせながら通り過ぎていった。

「おや」

子供時代から見慣れた懐かしいものを目にして、デューイの深い緑色の目が和む。

ロンドンでは、徐々に自動車のタクシーが増え、馬車の数は減る一方だ。

自身もヘーゼル色の長い髪をうなじで緩く結んだ古風な髪型を保ち、ヴィクトリア時代のクラシックな服を好んで身につけるデューイにとっては寂しい限りだが、何もかもが凄《すご》いスピードで変わっていく今の時代、「昔はよかった」と嘆くことに意味はなさそうだ。

昔がどうあれ、生きている者は、今を生き抜くより他がないのだ。

「骨董店も、いつまでやれる商売やら」

心の内に秘めた不安を漏らし、ふと机の上に置かれた時計に目をやったデューイ・ローウェルは、ああ、と声を上げた。

作業に没頭しているうちに、正午を過ぎてしまっている。そろそろケイ・アークライトが昼食の支度をしてくれている頃だ。

休憩中の札を扉に掛け、二階へ行かなくては。

そう思って腰を浮かせかけたところで、デューイはハッとした。

「そうだ、ケイはいないんだった」

呟いて、彼は再び椅子に腰を下ろした。

ケイというのは、デューイの親友のひとり息子だ。父親が戦死したため、彼はデューイに託されることとなった。

去年の春にここに来たときは、父親の死のショックで声を失っていたケイだが、次第に回復し、日によって多少の波はあるものの、今ではおおむね自由に話せるようになった。

そこで、育ち盛りの子供をいつまでも家の中に閉じこもらせるわけにはいかないと考えたデューイは、ケイを地元の学校に編入させることにした。

年明けから学校に通い始めて、はや一ヶ月あまり。

今朝も、しっかり者の養い子は、自分で弁当を用意して元気に登校していった。

今頃は、クラスメートたちと昼食を楽しんでいることだろう。

デューイは机の上のものをいったん綺麗《きれい》に片付けてから、店の扉を施錠し、自由に動かない右足を庇《かば》いながら二階へ上がった。

店の二階は、デューイとケイの生活空間となっている。三階は、本来は画家であったデューイのアトリエだ。

戦時中、徴兵拒否の罪により投獄されて以来、デューイは長らく絵筆をとらずにいたが、最近、ケイの勧めもあり、少しずつ創作を再開したところである。

二階の、居間と食堂を兼ねたこぢんまりした空間には、かつてデューイが家族と同居していた頃から使い続けている古いテーブルがある。

そのテーブルの上に、布の覆いを掛けた皿が一枚置かれていた。

覆いを取ると、皿の上にはサンドイッチが載っている。今朝、ケイが弁当を作るついでに、デューイの昼食分も用意していってくれたのだ。

「まったく、わたしには過ぎた養い子だ」

デューイの端整な顔に、苦笑いが浮かぶ。

自然豊かなケント州からゴミゴミした大都会ロンドンに越してきた当初は、戸惑いや心細さを見せていたケイだが、デューイの家に慣れ、デリックやエミールにあちこち連れ出してもらううち、だんだん新しい環境になじんできた。

引き取ったからにはきっちり世話をしなくてはと一生懸命なデューイが、実は家事があまり得意でないことを早々に見抜いたケイは、進んでそうした仕事を引き受けるようになった。

特にキッチンは、今ではケイの城である。

義務感や、他人である自分への気遣いからそうしているのではないかとデューイは心配したが、どうやら本人は、幼い頃から母親と一緒に料理することが好きだったらしい。それを知って、少しでも気晴らしになればと、デューイはケイのしたいようにさせることにした。

何より、厳然たる事実として、デューイよりケイのほうがずっと料理が上手いのだ。

実に適当にお茶を淹《い》れてから、デューイはテーブルにつき、サンドイッチを口にした。

たいした食材がないので、薄切りの食パンに挟まれているのは、昨夜の残りのチキンをほぐしたものとチェダーチーズ、それに生の人参を粗くおろしたものだけだ。

だが、それが不思議と旨《うま》い。

バターとマスタードと塩胡椒《しおこしょう》、それにほんの少しのマヨネーズが絶妙に調和していて、最後に振りかけた数滴のレモン汁が、全体をキリッと引き締めている。

（あの年頃の子供には色んな才能が眠っているのだろうけど、そのうちの一つは、確実に料理だな。父親のジョナサンにはそんな才はなかったから、きっと母親からの遺伝なんだろう）

そんなことを考えながらサンドイッチをかじっていると、古い記憶が甦《よみがえ》ってきた。

かつてケイが生まれたとき、父親であり、デューイの親友であるジョナサン・アークライトから名付け親になってくれと頼まれ、デューイは短い旅をして、ケント州にあるジョナサンの広大なカントリーハウスを訪ねたことがある。

当主はジョナサンだが、先代当主の妻であるジョナサンの母親ががっちり実権を握っていて、若い当主夫婦は肩身狭く暮らしている印象を受けた。

実の息子のジョナサンですらそうだったのだから、嫁いできた身、しかも異国人のケイの母親サトコにとっては、息が詰まるような窮屈でつらい日々だっただろう。

実際、デューイは滞在中、サトコが姑《しゅうとめ》に対して、「お母様」ではなく、マダム、つまり「奥様」という呼称を使っていることに驚かされたものだ。

そもそも、ジョナサンの母親や親類縁者は、二人の結婚に大反対だった。ジョナサンが粘り強い説得で押し切ったものの、結局、サトコがアークライト家の嫁と認められることはなかったのである。

だからこそ、ジョナサンが戦死すると、妻子はたちまち屋敷を追われた。

サトコは帰国を余儀なくされ、寄る辺をなくしたケイは、ジョナサンの親友だったデューイのもとに身を寄せることになったのだ。

（サトコにとって、この国での生活は、楽しいことよりつらいことのほうが多かっただろうな。それでも……）

デューイがアークライト家に逗留《とうりゅう》しているあいだに、サトコがお茶の時間、ケーキを焼いて出してくれたことがあった。

古式ゆかしきヴィクトリアサンドイッチケーキ、つまり、どっしりしたスポンジにジャムを挟んだ、素朴な菓子である。

「本当はね、お屋敷の女主人は料理人に指示を出すだけで、自分で台所に立つべきではないのですって。でも、私はこうしたことが好きだから、ジョナサンに我が儘《まま》を言って、私専用の小さな台所を造ってもらったの」

LとRの発音がときどき一緒になってしまう独特の語り口でそう言いながら、サトコはケーキを切り分け、デューイの皿に載せてくれた。

「そのくらい、好きにすればいいさ。当然の権利だ。そもそも君は、屋敷の女主人扱いをしてもらってないじゃないか。ジョナサンの母上も、いい加減に折れればいいものを」

サトコに対する仕打ちにいささか腹を立てていたデューイが投げやりにそう言うと、サトコは寂しく笑って「ありがとう」と言った。

「プライドの高い方だし、昔から、ジョナサンの未来の妻には色々と夢を抱いておいでだったんだと思うわ。それが異国人の平民じゃ、ガッカリなさるのも当然よ」

「当然なものか。君はジョナサンにとっては最高の伴侶《はんりよ》だよ。ケイという可愛い息子にも恵まれたんだ。そろそろ自分の理想なんか捨てて、現実を受け入れるべきだと思うね、あのご婦人は」

憤慨しながら、自家製の苺《いちご》ジャムが気前よく挟まれたケーキを頬張るデューイを、サトコはむしろ控えめに窘《たしな》めた。

「そう怒らないで。私の愛する夫を育ててくださった方なんだから、悪い方であるはずがないのよ」

「サトコ……」

「こんな話、夫がいるときにはできないから、いい機会ね」

「ケイは乳母がみているのかい？」

「ええ。本当は私ひとりで育てたいのだけれど、それは絶対に許されないのですって。この国の貴族のしきたりは、なかなか大変ね」

ジョナサンの母親が悪し様に言うように、サトコの英語は確かにたどたどしい。しかし、言葉ひとつひとつを丁寧に選んでゆっくり喋《しゃべ》るその語り口には不思議な品があって、デューイはむしろ好もしく感じた。

「君を屋敷にひとり置いて釣りとは、ジョナサンも呑気《のんき》なものだな」

「あの人にも、息抜きが必要なのよ。私を庇って、いつも疲れた顔をしている。可哀想なジョナサン。私が日本人でさえなければ……」

「そんなことを言うものじゃないよ、サトコ」

皿を置き、デューイは心からの言葉を口にした。

「自分の祖国、自分の根っこを否定するほど悲しいことはない。日本で育った君を、ジョナサンは愛しているんだ。ケイの身体にも、日本人の血が流れている。息子に、それを誇りに思わせてやってほしい。これが、名付け親からのただ一つの願いだよ」

それを聞いた途端、ずっと穏やかに微笑んでいたサトコの目が潤み始める。

「……ごめんなさい。人前で感情を露《あら》わにするのも、この国ではよくないことだったわね」

歪《ゆが》みかけた顔を片手でさりげなく覆い、指先でこぼれそうな涙を拭《ぬぐ》って、サトコは湿った声で続けた。

「ケイがこの先、あなたのような人にばかり出会うのならいいのだけれど。デューイ、どうかずっとケイを見守ってやってね。ケイが幸せな人生を送れるように」

（そうだ。あのとき、わたしは「わかった」と請け合ったんだ。それがどれほど難しいことか、考えもしないで）

近い未来に戦争がすべてを変えてしまうことなど……目の前の小さな波に四苦八苦している自分たちが、抗《あらが》うすべもない大波に攫《さら》われ、それぞれが見知らぬ場所へ流されていくことなど、彼は知るよしもなかった。

とはいえ、すべてを戦争のせいにしたところで、何になるだろう。

ジョナサンがこの世に戻ってくることは二度とないし、サトコがこの国に戻る機会も、そう簡単には訪れまい。

ジョナサンとの友情に誓って、彼が遺《のこ》したケイが独り立ちするまで育てる覚悟は、とっくに決めている。

あまりにも過酷な経験を立て続けにした少年に、これからはできるだけ幸せな少年時代を過ごしてほしいとも願っている。

それでも、自分が本当にサトコとの約束を守れているだろうか、亡き親友の期待に応《こた》えられているだろうかと、しじゅう不安になってしまうデューイである。

(ジョナサンもサトコも、立派な人物だった。それに引き換え、わたしは……)

チリリン！

階下から、呼び鈴の音が聞こえた。

店の入り口に取り付けたものを、誰かが鳴らしているのだ。

「いったい誰が来たやら」

サンドイッチを紅茶で喉《のど》に流し込んで、デューイは苦々しく呟《つぶや》いた。

休憩中という札を掛けてあるにもかかわらず、こうも堂々と呼び鈴を鳴らすところをみると、訪問者は文字が読めないのかもしれない。

(まあ、無視していれば、諦《あきら》めて帰るだろう。大事な用事なら、再訪してくれるだろうし)

そんな投げやりな店主の思惑を無視して、訪問者は呼び鈴を断続的に鳴らし続ける。よほど急ぎの用か、抜き差しならない事情のある顧客が来ているらしい。

「やれやれ」

獄中生活で患った神経炎のせいで、デューイの右足は感覚を失い、自由に動かすことができない。階段の上り下りは、彼にとっては困難を伴う重労働なのだ。

億劫《おっくう》そうに立ち上がった彼は、サンドイッチの最後の一口を紅茶で流し込むと、しぶしぶ階下へ向かった。

扉の外で立ち尽くしていた若い男性は、ゆっくり近づいてくるデューイの姿をガラス越しに捉《とら》え、小さな声を上げたように見えた。

いかにもホッとしたという様子で帽子のつばに手をやるその男性の顔に、デューイは見覚えがあった。

「カーネル先生？」

慌てて解錠し、扉を開けたデューイが呼びかけると、男性はニッコリ笑った。

「ああ、よかった。休憩中ということは、二階にいらっしゃるのではないかと思いまして。すみません、あなたの足のことを存じていながら、しつこくお呼びだてしてしまいました」

軽く息を弾ませてそう言ったのは、ボブ・カーネル……ケイの担任だ。転入の日、ケイに付き添ってデューイが学校に行ったとき以来の再会である。

「いえ、こちらこそお待たせしてしまって申し訳ありません。どうぞ。よろしければ、二階でお茶でも」

狼狽《うろた》えたデューイはそう言ったが、カーネルはかぶりを振った。

「いえ、ローウェルさんに何度も階段を上り下りさせるのは心苦しすぎます。ご迷惑でなければ、ここで。お茶も結構です。すぐに学校に戻らなくてはなりませんので」

「そうですか？　では、どうぞ」

どうやら、昼食も摂《と》らずにここに来たらしい。いったい何ごとかと訝《いぶか》りながら、デューイは顧客用の椅子をカーネルに勧めた。

自分も席に着き、机を挟んでカーネルと向かい合う。

「カーネル先生、ご用の向きは何でしょう。もしや、ケイが学校で問題を?」

心配そうに問いかけるデューイに、脱いだコートを畳んで膝《ひざ》に載せ、その上に帽子を置いたカーネルは、丸い眼鏡を掛け直し、少し困惑気味の面持ちで切り出した。

「いいえ、ケイが問題を起こしたわけではないのですが……その、どうお話しすればいいのか、僕もわからないままここに来てしまいました。事情をわかった上でお引き受けしたにもかかわらず、僕の力不足で」

そのもってまわった言い方で、デューイは大方のことを察し、自分からストレートな言葉を口にした。

「もしや、クラスでケイが苛《いじ》められていると?」

カーネルは、むしろ安堵《あんど》したように頷《うなず》いた。

「そうなんです。日本は先の戦争では同盟国でした。そう酷《ひど》いことにはならないのではないかと思っていたのですが……」

「同盟国とはいえ、日本は遠い。肩を並べて戦ったという意識は薄いですからね。それに、アジア人への人種的な差別感情もあるでしょう。嘆かわしいことですが」

カーネルは帽子のつばを指先で弄《いじ》りながら同意する。

「仰《おっしゃ》るとおりです。親がそういうことを口にするのを子供たちが聞いて、闇雲に差別をする。実によくないことです」

「よくないことですが、実際に起こっている……。いつからです？」

普段は柔和なデューイだが、話がケイのこととなると、幾分語調が鋭くなる。まだ若いカーネルは、決まり悪そうに肩をすぼめた。

「正直に申し上げれば、編入間もない頃からです。彼の顔立ちは東洋的だし、緊張で言葉が上手《うま》く出てこないことも多かった。身体も小さい。苛められる要素は揃っていました」

「苛めはケイのせいだとでも仰るのですか？」

緑色の目に怒りを滲《にじ》ませるデューイに、カーネルは慌てて両手を振り、否定した。

「まさか！　そんなことはありません。断じて、ケイは悪くない。わたしも、何度となくそういう苛めは英国紳士としてふさわしくない、やめるべきだと子供たちを諭しました。しかし、しかし」

「しかし、苛めはやまないと？　具体的にどんな仕打ちを受けているんです？　怪我をしている気配はありませんでしたが」

「身体の大きな子に廊下で突き飛ばされたりしているようですから、見えないところにアザを作っているかもしれません」

「……なんということだ」

「勿論《もちろん》、暴力が日常的に振るわれているわけではありません。むしろ、言葉で苛められることのほうが多いと本人から聞いています。日本人の母親のことを馬鹿にされたり、言葉が上手く出てこないときがあるのをからかわれたり、それから……いえ、まあそういうことが色々と」

具体的なことを喋《しゃべ》り過ぎて、デューイを刺激すまいと思ったのか、カーネルは言葉を切って、人のよさそうな顔に浮かんだ汗をハンカチで拭《ふ》いた。その合間に、難しい顔で黙り込んだデューイを探るようにチラチラと見ながら情報を追加する。

「勿論、クラス全員が彼を苛めているわけではありません。明らかに彼を苛めているとわかっているのは、五人ほどです。他の生徒は傍観する子もいれば、僕に知らせてきてくれた子もいます」

「……ケイを庇《かば》おうとする生徒はいないのですか？　友達は……」

「無論、正義感に突き動かされ、ケイを庇おうとする子もいます。友達になろうとした子たちもいますよ。気持ちの優しい子も、クラスにはたくさんいるんですから。ですが、ケイ自身がそれを望まないのです」

デューイは困惑して、いつもは優しい眉《まゆ》をきつくひそめた。

「ケイがそれを望まないとは、どういう意味です？」

カーネルは、何とも力のない声を出す。

「この件については、誰の力も借りたくないと。同情は要らないと、手を差し伸べるクラスメートをもやんわり拒んでいるようですね」

「そんな……」

唖然《あぜん》とするデューイをよそに、カーネルは他に誰もいないのに、おそらくは無意識に声をひそめた。

「実は今日の訪問も、ケイには内緒なのです。幾度もケイを呼んで話をしたのですが、彼には、これは自分が立ち向かわねばならない問題だから、先生は介入しないでくださいと突っぱねられ続けています。あなたにも、何も伝えないでくれと彼には言われました」

「ですが、先生はこうして来てくださった」

「今、僕の一存で、あなたに事情をお話ししています。保護者であるあなたが何も知らないのはよくないと感じました。たとえ、それがケイの望みであったとしても」

「それで、こんな風に突然お見えになったのですか」

「ええ。昼休みに走ってくるくらいしか、ローウェルさんと二人きりでお話をする手立てがありませんからね。放課後では、ケイがここに帰ってきてしまう。学校にあなたをお呼びしては……その、あなたの出《い》で立ちはいささか特徴的ですから、ケイにあなたの来校が伝わってしまうかもしれないでしょう？」

なるほど、それでここに来たとき、呼吸が乱れていたのかと、デューイはようやく得心する。

「それは……お気遣いありがとうございます。何も知らずに、もし何か大きなトラブルが起ころうものなら、ただ狼狽えることしかできなかったでしょう。教えてくださってよかった」

デューイはさっきまでのカーネルへの冷淡な態度を恥じ、感謝を込めて一礼した。カーネルは、慌てて手を振る。

「いえ、感謝なんて、とんでもない。もし、僕がもっと経験豊富な教師なら、いい解決法を思いつけるかもしれないのに、ケイの力になれない自分がもどかしいです。こうしてローウェルさんに事実を告げるのが精いっぱいで、お恥ずかしい限りです」

「苛めは、人の心のありようの問題です。先生が指導なさったところで、子供たちの心から、他人を蔑《さげす》み、いたぶりたいという衝動を消すことは、難しいでしょう」

デューイが沈痛な面持ちでそう言葉を返すと、カーネルは驚いたように、茶色い大人しそうな目をパチパチさせた。

「同じことを仰るんですね」

「誰とです？」

「ケイとですよ。あの子も、同じようなことを僕に言いました。大人に注意されて苛めをやめたとしても、苛めっ子の心は少しも変わらない。それでは意味がないと」カーネルはちょっと笑った。

養い子でも、やはり共に暮らすと考え方が似てくるのでしょうか、とカーネルはちょっと笑った。

「なんて大人びたことを言う子なんだろうと驚かされましたが、あなたのご薫陶でしたか」

「いえ。わたしがケイを引き取って、まだ一年も経っていません。そこまで深い話をしたことはありませんよ」

「では、元から似た者同士だったのでしょうかね」

そう言いながらふと机上の時計を見たカーネルは、あっと慌てて腰を浮かせた。

「いけない、もう戻らないと午後の授業に遅刻してしまう」

デューイは、いつも冷静沈着な彼にしては珍しく、慌ててカーネルを引き留めた。

「先生、ですがお話がまだ……」

「わかっています。ですが、戻らなくては。その、僕が今日来たことは、ご内密に。もしケイがあなたに相談するようなことがあったら、温かく話を聞いてやってください。その上で、お力になれることがあれば」

「わかりました。ですが、先生は」

「僕もこれまでどおり、行き過ぎた苛めがないよう、目を光らせてはおきます。ケイがどう思おうとも、教室内の秩序を保つ義務が、担任にはあります。それに、定期的にケイと話し合うことも続けていくつもりです」

コートに袖《そで》を通しながら喋っていたカーネルは、右袖から手を出したところで動きを止め、こう付け加えた。

「僕は、彼の言葉に感銘を受けました。ですから彼の希望に添いつつ、でも、大人として教師として、苛めっ子たちに一線を越えさせることなく、自分たちの行いを振り返るよう仕向けていかねばならないと思っています。……頼りない担任だとお思いでしょうが、どうか今しばらくお時間をください。そして、ケイをおうちでよく見てやってほしいのです」

「……わかりました。先生がケイを案じてくださるお気持ちに、感謝します」

「そう言っていただけると、来た甲斐《かい》がありましたよ」

くたびれた帽子を被《かぶ》り、立ち上がったデューイと慌ただしく握手を交わすと、カーネルはせかせかと店を出て行った。

ほんの数歩歩いたと思うと、全速力で走り出す。

それを窓越しに見送り、デューイは深い溜《た》め息《いき》をついた。

(学校に上手く馴染《なじ》み、楽しく過ごしているとばかり思っていた)

自分の迂闊《うかつ》さに、彼は思わず唇を噛《か》み、もう一度嘆息した。

転校生といえば、一時的に仲間はずれにされたり、苛《いじ》められたりするものだ。

人はみな、「異物」を恐れ、排除しようとする。それはおそらく本能的な性質であって、その衝動を理性で抑えられるかどうかという問題なのだろう。

「ケイは学校で『異物』と認識され、それが今も続いているということか……」

これまで、「学校はどうだい」と何度訊《たず》ねても、「楽しいです」と答え、笑っていたケイの顔が、デューイの脳裏を過《よ》ぎる。

静かな笑顔に苦しさを隠し、ケイはひとりでずっと苛めに耐え、戦ってきたのだ。

それに気付かなかった自分への嫌悪を苦く嚙みしめる一方で、ケイが苛めを打ち明けてくれなかったことに、デューイは少なからず傷ついていた。

担任やクラスメートはともかく、養親である自分には打ち明けてほしかったというのが正直な気持ちだ。

春に彼を引き取って以来、寝食を共にしながら少しずつ互いの存在に慣れ、心を寄り添わせることができるようになったと思っていた。

実の両親の代わりには到底なれなくても、少しは信頼してくれていると思っていたのは、デューイの勝手な思い上がりだったのだろうか。

そう思うと、酷《ひど》く胸が痛んで、デューイは力なく壁にもたれかかった。

「それにしても、どうしたものか」

日焼けを避けるため、日光があまり入らないようにしてある店内には、手持ちのアンティークの中から、良好な状態のもの、見栄えのよいものを選《よ》りすぐって展示してある。そうした、いわばお気に入りの品々をぼんやりと眺めつつ、デューイは思いを巡らせた。

ケイが帰宅してきたら、自分はどう振る舞うべきか。

いきなり苛めについて問い質《ただ》せば、カーネルがここに来たことがわかってしまう。それは、カーネルにとっても本意ではないだろうし、ケイにとっても、担任との人間関係が損なわれるのは決していいことではない。

（だとしても、何も知らないふりで黙って見ているなんて耐え難い。いくらケイが自力で何とかしたいと願っていても、それを諾々と受け入れて見守るだけで、養い親と言えるだろうか）

少年の両親ならどうしただろうか。

そんなとりとめのない思いが、胸を過ぎる。

ジョナサンとは美術学校で知り合ったので、デューイはジョナサンの子供時代がどうだったかは知らない。

ただ、何かの折に子供の頃の話になったとき、ジョナサンは少し寂しそうにこう言っていた。

「僕は、『田舎の名士の御曹司《おんぞうし》』だからね。土地の子供たちは、僕に敬意を払ってくれはしたけれど、同時に腫《は》れ物《もの》に触るような扱いしかされなくてね。怪我をさせてはいけない、気分を損ねてはいけないって、いつまでたってもお客さん扱いだった。無理矢理仲間に入ろうとすると、むしろ彼らの迷惑になると気付いたのは、いつのことだったかなあ。美術学校に入るためにロンドンに来て、初めて自由を満喫したよ。誰も僕のことを知らない場所って、何て素敵なんだろうと思った」

亡き友の穏やかな声が、今もごく自然に思い出せる。

決して苛めではなかっただろうが、ジョナサンが子供の頃に味わったのは、体のいい仲間はずれだったのだろう。

彼ならきっと、ケイの気持ちをすぐに察してやれたに違いない。

（それに、サトコだ。彼女はまさに、アークライト家に嫁いでからずっと苛めを受けていたようなものだっただろう。それこそ、ケイと別れ、日本に帰るそのときまで）

母親が日本人であるがゆえに婚家の皆から差別を受け、辛《つら》い思いをしているのを、幼い頃からケイは見てきたはずだ。

彼女を守ろうとする父親の奮闘も、それが決して万全ではあり得なかったことも、ケイは幼い目と心で学んでしまったに違いない。

（だから……どんなに身近な人間でも、他者を完璧《かんぺき》に守り切ることなどできないのだと、悟ってしまったのだろうか。だから、ひとりで立ち向かう決意を……）

それはデューイの推測に過ぎないが、もし本当にそうだとしたら、ケイの決意はあまりにも悲しく痛々しい。

「わたしはどうしたらいい、ジョナサン」

デューイは、もはやこの世にいない親友に思わず呼びかけた。

「君ならこんなとき、我が子にどうしてやるだろう。どう足掻《あが》いても、ケイの父親にはなれないわたしは、どうしてやるべきなんだろう」

無論、弱々しい問いかけに答える声はない。

あと四時間もすれば、ケイが学校から帰ってきてしまう。そのとき、自分がいつものような自然な態度で迎えられるか、今のデューイには自信がない。

「どうしたものか」

途方に暮れて彼が項垂《うなだ》れたそのとき、机の上の電話が鳴った。

愛想のいい声を出せるような気分ではなかったが、かといって営業時間内にかかってきた電話を無視するわけにもいかない。デューイはのろのろと電話に近づき、ホルダーから受話器を取り、耳に押し当てた。

「もしもし、お電話ありがとうございます。ローウェル骨董《こっとう》店です」

スピーカーに口を近づけ、いつものように慇懃《いんぎん》に口上を述べると、返ってきたのは耳慣れた声だった。

『よう。俺だけど』

名乗りもしないその相手は、デューイの弟で、今は聖バーソロミュー病院に勤務しているデリック・ローウェルである。

「ああ……お前か」

相手が誰かわかるなり、かろうじて纏《まと》っていた愛想を放り投げ、声のトーンを思いきり下げたデューイに、デリックが受話器の向こうで苦笑いする気配がした。

『どうしたよ。ケイと喧嘩《けんか》でもしたか？　この世の終わりみたいな声出しやがって』

「わたしの人生の中で、既にこの世は二度ほど終わったけれど、これが三度目になるかもしれないね」

『おいおい、穏やかじゃねえな。個人的な事情でそう何度も世界を滅ぼすなよ。何があった？　マジでケイと喧嘩か？』

デューイの沈んだ声に驚いた様子で、デリックの口調は少し速くなる。昔から気障《きざ》で、ちょっと斜《はす》に構えたところがあるデリックだが、実は情に篤《あつ》いタイプなので、身内のことには結構な心配性だ。

「そういうことではないよ。けれど、ことと次第によっては、あの子と長時間の討論が必要になりそうだ」

『まあ待てよ。その前に、俺でよきゃ相談に乗るぜ』

「……そうだね。お前のほうが、あるいはあの子の役に立てるかもしれない」

一方で、誰にでも親切で穏和なデューイは、心の底ではかなり内向的、閉鎖的で、人と距離をおきたがる癖がある。それでも、血を分けた弟には素直になれるものとみえて、彼はさっきの担任教師との会話を掻い摘《つ》まんで語った。

黙って聞いていたデリックは、受話器の向こうで低く唸《うな》る。

『そういうこともあるんじゃねえかと思ってはいたけど、やっぱりか。くそ、大事なことは言わないあたり、兄貴にそっくりだな。余計なところが似てやがる』

「実の親子じゃあるまいし、わたしとケイが似ることはないだろう」

『でもないさ。一緒に暮らしてりゃ、人間ってなぁ似てくるもんだ。それはともかく』

何ごともバッサリ切るデリックも、このデリケートすぎる問題に関しては、即座に対応策が思い浮かばなかったらしい。珍しく歯切れの悪い口調で言った。

『とにかく、大怪我をするような事態にはなってねえんだな？』

「突き飛ばされたりはしていると、担任は控えめに言っていたがね。苛めが行き過ぎないように見守るとは言ってくれた」

『だったら、時間をかけたほうがいいかもな。あれでケイは相当に頑固だから、俺たちが介入したら、余計に意地を張るかもしれないぜ』

「かといって、手を拱《こまね》いているわけにもいかないだろう」

『心の中でどんだけ気を揉《も》んでても、どっしり構えてみせろってことだよ。でなきゃ、ケイが頼りたくても頼れないだろうが』

「む……」

痛いところを突かれて、デューイは顰《しか》めっ面《つら》で黙り込む。

その沈黙で、兄の渋面が容易に想像できたのだろう、デリックは笑いの滲《にじ》んだ声で言った。

『やんわりに見えて頑固なところも、兄貴とケイは似た者同士だからな。二人で話し合っても、タコが殴り合うような状態になるかもしれん』

「タコとは失礼だな。……あっ」

弟のあんまりなたとえを咎《とが》めようとして、デューイはふと言葉を切った。

『ん？　どうした？』

「すまない、お客さんが来たようだ」

店の前でタクシーが停まり、使用人の手を借りて身なりのいい男性が降りてくるのを見ながら、デューイは言った。

『そうか。とにかく、焦るなよ。エミールにこのこと、話していいだろ？　できるだけ早く、二人で相談に乗りに行くよ。……その、兄貴の相談にって意味だが、ケイにしても、一対一より、ざっくばらんに話せる場のほうがいいかもだしな』

「ありがとう。こういうとき、お前の言葉は本当に心強いよ。だが、あくまでもケイには内密の話ということで頼む」

『わかってるって。担任の先生の気持ちを無にしちゃいけないもんな。じゃあ、また』

受話器をホルダーに戻したデューイは杖《つえ》をつきながら店の入り口に向かい、扉を開けた。

「いらっしゃいませ、ハミルトン先生」

「やあ、デューイ。外は随分冷えるよ。しばらく診察していないが、その後、右足の具合はどうかね」

そう言いながら、数歩ほどしか歩いていないのに大袈裟《おおげさ》に身震いして入ってきたのは、五十歳そこそこに見える、中肉中背の男性だった。

白髪交じりの金髪を綺麗《きれい》に撫《な》でつけ、お洒落《しゃれ》な口ひげも、先端をポマードでピンと尖《とが》らせている。

しっかり着込んだコートの襟には狐の毛皮が縫い付けられ、腕にかけているステッキも持ち手が銀製の狐の頭で、実に凝ったコーディネートだ。

見るからに洒落者のハミルトンがコートを脱ぐのを手伝ってやりながら、デューイは礼儀正しく返事をした。

「お陰様で、小康状態です。ですがやはり、冷えるとかなり痛みますね」

「そうだろうね。いつも言うように、神経の病には、冷えがいちばんの大敵だよ。店の中は温かくて重畳だ。ここにいれば平気だろう？」

「そうですね。家の中ならどうにか」

「それはよかった」

デューイの返事に満足げに頷《うなず》き、彼に帽子とステッキも預けたハミルトンは、ツイードの上着の襟元を直しながら、暖炉の前に立った。敢《あ》えて太い薪《まき》をくべてあるので、穏やかに燃える火に両手をかざす。

ハミルトンは、近所で開業している医師である。いわゆる街中の「かかりつけのお医者さん」で、特別な処置を必要としない病気や怪我なら何でも診てくれるというので、なかなか人気があるようだ。

デューイの右足はもはや治る見込みはなさそうだが、一応、ハミルトンに定期的に診察してもらい、アドバイスを受けるようにしている。

とはいえ、ハミルトンはここに往診に来たわけではない。

二年近く前に医師と患者として知り合って以来、ハミルトンはデューイの店でよくアンティークを購入してくれるようになった。

「こんな近くにアンティークショップがあったことにちっとも気付かなかったよ、わたしとしたことが。ここは小さいけれど、素敵な玩具《おもちゃ》がぎっしり詰まった宝箱じゃないか！」

初めてデューイの店を訪れたとき、ハミルトンはやや短い両手を広げ、店内を見回して、嬉《うれ》しそうに叫んだものだ。

なんでも、彼がこのエンジェル地区に診療所を構えたのは、ほんの三年前らしい。それまではピカデリーで開業していたが、家賃が法外に高いことに呆《あき》れ、この地に移ってきたそうだ。

デューイと出会った頃は、診察ができる環境を整えるのが精いっぱいで、まだ診療所内部は、実に殺風景なままだった。

本来アンティーク好きのハミルトンは、ロンドン中心部に比べれば破格の値段でアンティークが買えるデューイの店が気に入り、また、彼の美的センスにも大いに共感したらしい。

今、立派な診療所を飾っている装飾品の数々は、ほとんどがデューイの店で買い求めたものだ。

いわばハミルトンは、デューイの主治医であり、同時に指折りの上顧客でもある。

たとえどんなに身分の高い客であっても、決して媚《こ》びへつらうことはないデューイだが、ハミルトンの、一本筋の通った確かな審美眼と、価値があると認めれば少しも値切らない金払いの良さ、そして主治医としての親切さには尊敬の念を抱いており、自然と態度も丁重になる。

「ハミルトン先生、今日はどのようなご用でお越しに？」

ひとまずケイのことは頭の片隅に押しやり、デューイはハミルトンに歩み寄ろうとした。だがハミルトンは片手でそれを制し、デューイの椅子を指さす。

「無理をして歩かんでいい。掛けていたまえ」

「おそれいります。では、お言葉に甘えて」

医師ならではの思いやりに感謝して、デューイは素直に自分の椅子に腰を下ろす。

「それで、先生。ご用件は」

「うん。今日は、僕の机に置くのにちょうどいい、ちょっとしたものを探しに来たんだがね」

そう言いながら、ハミルトンはマントルピースの上に並べられた小物の中から何かをつまみ上げ、顧客用の椅子にどっかと腰を下ろした。

デューイと向かい合い、机の上にそっと置いたのは、手のひらに載るほど小さな、鉄製の玩具だった。

下部に小さな鉄の車輪がついていて、転がして走らせることができるようになっているが、玩具自体は自動車ではなく、船、しかもおそらくは、潜水艦であるようだった。

「これはなかなか愛らしい品だね」

目の前に置かれたそれを見て、デューイは端整な顔を軽い困惑に歪《ゆが》ませた。

「先生、それはアンティークでもヴィンテージでもありません」

「だろうね。新しそうだ」

「はい。先の大戦中にフランスで作られた、子供の玩具です。知人が、わたしに養い子が出来たとどこかで聞きつけてきて、お土産にくれたのです」

「おや、それは失礼。そもそも、君が養子を取ったとは知らなかった。結婚もまだなのではないのかね」

デューイは微苦笑してかぶりを振った。

「結婚の予定はございません。それに、正確には養子ではなく、事情があって、亡き友人の忘れ形見を引き取ったのです。そして彼はもう、そういう玩具で遊ぶほど幼くはありません。せっかくですので、店に飾らせていただいておりました」

「売り物ではないのか。残念だな。診察室のデスクに置くにはピッタリだと思ったのだが」

「潜水艦がですか？　玩具としては、ずいぶんと無粋な品ですが」

「無粋で結構。僕は戦時中、海軍で医者をしていたからね。潜水艦にこそ乗らなかったが、何となく懐かしいよ」

「……なるほど。売り物ではありませんので、お代をいただくわけには参りませんが、そういうことでしたらお譲り致しますよ」

「いいのかね？」

「ええ。診察室の机の上ならば、それを見て喜ぶ子供の患者もいることでしょう。ここにあるよりは、玩具もずっと幸せになれます」

デューイの言葉に、ハミルトンは相好を崩した。知的だが、親しみの持てる、あまり整いすぎていない顔立ちだ。

彼は肉厚な両手を擦《こす》り合わせ、嬉しそうにデューイに礼を言った。

「約束しよう。大切にするよ。恩に着る」

「そこまで感謝していただくような物では」

「なんの。金銭的な価値など、どうでもいいのだよ。僕が気に入ったこと、それが肝要なんだ。価値ある品を譲ってもらったことは忘れない。忘れないんだがね、デューイ」

「何でしょう？」

ハンカチを広げ、大切そうに小さな潜水艦を包んで上着のポケットにしまい込んでから、ハミルトンは極上の笑顔で、やや上目遣いにデューイを見た。

「実は今日は、もう一つ用事があってね。君の右足に、真冬の寒さはつらいとわかっていながら、ご足労を願いたいんだ。僕と一緒に、来てもらいたい場所がある」

デューイは怪訝《けげん》そうに眉《まゆ》をひそめた。

「今からですか？」

ハミルトンはかぶりを振り、こう言った。

「いや、明明後日《しあさって》、金曜日の夜だ」

「夜……」

夜はケイがいるので、デューイは極力家を空けないようにしている。だが、彼がそれを伝える前に、ハミルトンはやや早口に情報を追加した。

「ケンジントンにお住まいの、ウォルトン男爵夫妻をご存じかな？」

デューイは少し考えてから、曖昧《あいまい》に頷く。

「お名前は伺ったことがあると思いますが、面識はございません」

「確かに、あまり華やかなことをお好みでないご夫妻だから、外でお見かけすることもあるまいね。実は金曜の夜、ウォルトン男爵がとある会合を主催なさるのだ。その会に、僕の医師仲間のラッセルが出席することになっていてね。僕も請われて、参加することになったのだよ」

「……はあ」

自分には縁もゆかりもない貴族の話をされて、デューイの相づちも戸惑いを隠せない調子になる。

そんなデューイにはお構いなしに、ハミルトンは片手で口ひげの先端を弄《いじ》りながら、話を続けた。

「もう一人誰か……ということだったのだが、その会合の雰囲気に君がピッタリなのを思い出してね。こうして誘いに来たというわけだ。買い物もしないで、申し訳ないのだが」

どうやら、ハミルトンの本来の目的は、むしろこちらだったようだ。

おそらく、ちょっとした買い物をしてデューイに恩を売り、頼み事を聞き入れさせる作戦だったのだろう。

「その会合は、いったいどのようなものなのですか？　骨董商《こっとう》がお役に立てるような何か……もしや、お屋敷の何かを内密に売却なさりたいとか？」

「いやいや、先方は今のところ、そこまで経済的に困窮してはいないようだ。そうではなく、実はその会合というのが、交霊会なのだよ」

思わぬ言葉に、デューイは緑色の穏和な目を見開く。

「交霊会？　死者の霊を呼び寄せ、交流するという……？」

ハミルトンは、それだよと、片手で軽く机を叩《たた》く。デューイは、苦笑いで軽く首を振った。

「ヴィクトリア時代にそういう遊びが流行《はや》ったのは存じておりますが、まさか、まだそのようなことが」

「何を言っているのかね。戦時中から、再び流行り始めたのだよ」

「そうなのですか？」

「何しろ、戦争でたくさんの人が戦場で命を落としたからね。交霊会はあちこちで開かれている。かのコナン・ドイル卿《きょう》も、心霊現象を熱心に説いておられるほどだ」

「……そんなデタラメにうつつを抜かす人がたくさんおられるとは驚きです」

「おや、君にしてはやけに辛辣《しんらつ》だな。君は心霊の存在を信じないほうかね？」

「信じませんね。死者を弄《もてあそ》ぶような遊びは、御免被《こうむ》りたいところです」

「おやおや。君のそのヴィクトリア時代を思わせるクラシックな出《い》で立ちは、交霊会にはピッタリだと思ったのだが」

デューイは、顧客に向かってつい刺々《とげとげ》しい本音を吐いてしまったことを恥じるように軽く俯《うつむ》き、柔らかな口調に戻って詫《わ》びた。

「申し訳ありません。先生のお知り合いを悪く言うつもりはなかったのですが」

ハミルトンは、鷹揚《おうよう》に片手を振った。

「いやいや。こういうことは、無理強いできるようなものではない。気が進まないというなら、忘れてくれていいんだ。実は僕もまあ、本気で死者の霊を呼び出せるなどとは思ってはいないんだよ」

「えっ？　では、先生はなぜご参加を？」

驚くデューイに、ハミルトンはちょっと切なげに笑って答えた。

「これも治療の一環なのでね。ラッセルは、ウォルトン男爵夫妻の主治医で、長い付き合いなんだ。男爵は戦争で跡継ぎを亡くされ、たいへんに気落ちなさっている。交霊会で亡きご長男の霊に会えるかもしれないという希望が、男爵に生きる気力を取り戻させるのではないかと、ラッセルは期待しておるのだ」

「……なるほど。そういうご事情でしたか」

「うむ。まあ、まだ時間はある。もし、気が変わったら電話してくれたまえ」

「いえ、やはりわたしは……」

「気が変わらなければ、忘れてくれて構わないよ。君が言うとおり、これは『遊び』なのだろうからね。では、僕はこれで失敬。可愛らしい玩具《おもちゃ》をありがとう」

「どういたしまして。その……お心に添えず、申し訳ありません」

「いいんだ。まあ、気が変わってくれることを期待してはおるがね」

茶目っ気のある快活な口調でそう言うと、ハミルトンは立ち上がった。デューイは立ち上がり、ハミルトンがコートを羽織っている間に、帽子とステッキをスタンドから取って帰り支度を手伝う。

「冬は足の具合を悪くしがちだから、短い距離でも杖《つえ》を持ったほうがいいよ。では」

帽子を目深に被《かぶ》ったハミルトンは、「おお、雪だ」と言いながら、表で待っていたタクシーに乗り込み、去っていく。

デューイは顧客を見送った後も扉を開けたまま、曇天を見上げた。

「やれやれ。今日はろくでもないことばかり起こるな。しかも、雪だ」

空を埋め尽くす分厚い灰色の雲から、白い雪が舞い落ちてくる。

この分だと、ケイが帰る頃には、少し積もっているかもしれない。

（転んで怪我などしないといいが）

養い子の身を案じると同時に、さっきの担任の話がデューイの心に戻ってくる。

「てっきりもう、雪合戦をするような友達が出来たのだと思っていたのに」

あまり演技が上手でないデューイなので、帰宅したケイをいつもどおり自然に迎えるだけで一仕事である。

とりあえず、ケイが帰宅したら、お茶でも飲みながら、再度、「学校はどうだった？」と訊《たず》ねるところから始めるしかあるまい。

デリックが言っていたように、焦らず、自分が彼を気に掛けており、話を聞く用意があると、やんわり態度で伝えることが肝要なのだろう。

早くもあれこれ気を揉《も》む自分を窘《たしな》めながら、デューイは再び扉を閉め、寒風に当たって痛み始めた右足を、暖炉で温めることにした。

二章　夢で会えたら

「そろそろ焼けたかな。ああ、いい感じ」

ケイはオーブンを開け、中を覗《のぞ》き込んで満足げに頷《うなず》いた。

「おっと、それは僕がやるよ。重そうだからね」

そう言って、ケイの手から折り畳んだティータオルを取り上げたのは、ローウェル兄弟の幼なじみで、今はスコットランドヤードで刑事をしているエミール・ドレイパーだった。

刑事にしては小柄、しかもビスクドールのように器量よしで、見事な金髪碧眼《へきがん》の彼は、職場の先輩刑事たちに、「妖精《ようせい》のような」という意味合いの「エルフィン」といういささか不本意なあだ名で呼ばれている。

それでも、家具職人の息子だけあって、彼は見た目よりはずっと力持ちでタフだ。

「とっても美味《おい》しそうだね。もしかして、マカロニ&チーズ？」

ケイは頷いた。

「はい。デリックさんとドレイパーさんが来てくれるって聞いて、急いでハムも足しました」

「そりゃ豪勢だな。ごめんよ、急に来て。デリックと予定が合ってさ、どうしても君とデューイの顔が見たくなったんだ。勿論《もちろん》、君の素敵な手料理も目当ての一つだけどね」

「素敵な手料理って……。あんまりお粗末過ぎて、悪いです。前もって知っていれば、もっとご馳走《ちそう》を作れたかもしれないのに」

「なんの。僕とデリックが、普段どんなに適当なものを食べているか、君が知ったら目を回すだろうね。これは大ご馳走だよ」

「だったらいいんですけど」

大きなキャセロールを注意深く両手で取り出すエミールを横目に、ケイは付け合わせの豆のマッシュの仕上げに取りかかった。

豆のマッシュは、大粒の乾燥青豆で作る。大鍋《おおなべ》にたっぷり湯を沸かし、その中に重曹を少し溶かしてから豆を入れ、一晩置く。それから豆をざるにあけ、新しくひたひたに水を張って、豆が柔らかくなるまで三、四十分煮る。

あとは、豆を潰《つぶ》して塩胡椒《しおこしょう》で味を整えれば出来上がりだ。仕上げにほんのひとつまみの砂糖を加えるというのが、料理上手な母から、ケイが教わった秘訣《ひけつ》だった。

「ちょっぴりのお砂糖が、重曹のえぐみを消してくれるのよ」

彼の日本人の母親は、少し癖のある英語で、秘密めかしてそんなことを言っていた。

だからケイは、今もその教えを忠実に守っている。さらに今日は、もうひとりのゲストであるデューイの弟、デリックの好みに合わせて、バターもひとかけ加えた。

いつもより少しだけ贅沢《ぜいたく》な豆のマッシュだ。

そのデリックは、居間で肘《ひじ》掛《か》け椅子に腰掛けた兄の足元に跪《ひざまず》いている。

「神経の問題だからな。冬に痛むのはある程度仕方ねえけど、これを試してみろよ」

そう言いながら、靴と靴下を脱がせ、ズボンを膝《ひざ》までまくり上げさせたデューイの右脚にデリックが塗り始めたのは、爽《さわ》やかな香りのするオイルだった。

前もって暖炉で十分に温めておいた左の手のひらで、兄の、左より明らかに細くなった右の脛《すね》から足の甲までをゆっくりと擦《こす》る。

「ハミルトン先生は、これまでこんなことを一度もしたことがないよ」

「あんたのかかりつけの医者は、もう爺《じい》さんだろ？　新しい知識を入れようって気がねえんだよ」

「これは新しい治療なのかい？」

「治療ってのとは違うかもな。兄貴の右足を治す方法は、今はない」

「……ハッキリ言ってくれてありがたいね」

「戦争で、治らない傷を負った奴はたくさんいる。だから今、治らないなりに、可能な限り元気に生きていけるようにするための処置が、注目され始めているんだ」

「なるほどね。それは道理だな。というか、お前は死人専門だと思っていたのに、生きている人間の治療にも興味があるんだね」

「おいおい、言わせんなよ。生きている人間全般じゃなくて、あんたの足を気にしてんだぜ」

「それはそれは。何というか、恐縮だね」

「素直にありがとうって言いやがれ。ていうか、真面目に聞けよ。大事なことだ」

「真面目に聞いているとも」

いつもは弟のすることに懐疑心を持ちがちなデューイも、医師の顔で理路整然と説かれては、大人しく耳を傾けざるを得ない。デリックは、素足を触られて羞恥《しゅうち》を覚えているのか、若干微妙な顰《しか》めっ面《つら》をしている兄の顔を見上げた。

「筋肉が萎縮《いしゅく》して強張《こわば》ってるせいで、血行が悪くなって痛むんだ。動かなくても無理矢理動かして、こうして毎日温めて解《ほぐ》さなきゃ、そのうち切り落とす羽目になるぞ」

「切り落とす⁉」

居間から聞こえてきたあまりにも物騒な言葉に、大きな木製のスプーンを持ったまま、ケイが駆けつけてくる。

「ああ、大丈夫だよ。すぐにそうなるわけじゃない。デリック。子供の前でそういう大《おお》袈裟《げさ》な言葉を不用意に使うのは……」

「大袈裟でも不用意でもねえよ。これでもずいぶん上品な表現に抑えてんだ。いいか、何もしないで放っとくと、もっと悪いことになる」

「だからそういうことは、二人のときに言ってくれれば」

「兄貴は自分のことにはいい加減だからな。俺がどれだけ一生懸命指示しても、聞き流すだろうが。兄貴の百倍しっかりしてるケイに知っててもらったほうが、俺も安心だ」

「そんなことは」

「ないとは言わせねえよ」

なおも言い返そうとする兄を完璧《かんぺき》に無視して、デリックは自分と同じようにデューイの足元に膝をついた少年に語りかけた。

「いいか、ケイ。このオイルには、ローズマリーやらマジョラムやら胡椒やらが入ってる。嗅《か》いでみな？」

スプーンを持ったままのエプロン姿のケイは、ふんふんと匂いを嗅いで頷いた。

「とてもいい香り。草原にいるみたいな匂いがします」

「おっ、詩的な表現だな。いいぞ。こいつには血行を促進する材料が入ってるって触れ込みで田舎のババアが作ってるもんだが、まあ、それについては気休め程度だと思え。本当に血行を促進したけりゃ、こうして丁寧に揉んでやることが必要なんだ」

オイルのおかげでスムーズに動く手のひらと指先をフルに使って、デリックはぐいぐいと兄の脛の筋肉を揉みほぐしていく。特に、骨とくっついているあたりを入念に解され、デューイは端整な顔を歪《ゆが》めた。

「痛いよ」

「このくらい、我慢できるだろ」

子供を叱るような口調で言い返され、デューイはムスッとした顔になる。

「我慢はできるけれど、こんなことをしても、わたしの右足は動くようにはならないんだろう？　ならば、足などあってもなくなっても同じ……」

「じゃ、ないぜ。ふざけたことを言ってんじゃねえ」

親指と人差し指で、アキレス腱《けん》のあたりをつまんで剝《は》がすように動かしながら、デリックは厳しい声音で言った。さすがのデューイも、その迫力に口を噤《つぐ》む。

「俺の兄貴のくせに、あんまり情けないことを言わないでくれ」

デリックは、緑色の目を伏せた。その左の瞼《まぶた》を縦断して、こめかみから頰まで、無残な傷痕《きずあと》が一条残っている。

それは彼が戦場で負った傷の一つだ。

徴兵を拒否して投獄された兄とは対照的に、デリックはみずから志願して戦場へ赴き、激戦の中、顔と右手を負傷した。

今も、デリックの右手の甲には引き攣《つ》れた傷痕が残り、人差し指と中指は変形して、自由に動かすことができない。

兄が刑務所で右足の自由を奪われたように、デリックもまた戦場で、腕の立つ外科医になるという夢を断たれたのだ。

彼が検死官になったのは、生活のため、そして「死人なら、右手が不器用でも気にしないだろう」という、やけっぱちな開き直りによるところが大きいらしい。

普段は陽気な皮肉屋であるデリックだが、戦場でのつらい記憶が甦《よみがえ》ったときには、今のように暗い面持ちになる。

それに気付いて、しまったという顔をした兄に構わず、デリックは手を動かしながら低い声で言った。

「戦場には、腕や脚を吹っ飛ばされた連中がわんさといた。奴等はきまってこう言ってた。『ないはずの腕や脚が耐えがたく痛んで眠れない、でも、本当は存在しないんだから、切り落とすこともできない』ってな。逃れられない苦しみって奴だ」

「デリック……」

「兄貴の足は、まだここにある。動かなくても、生まれたときからずっと一緒にいるもんだろ。大事にしてやれよ」

「……そうしよう。すまない、愚かなことを言った」

さすがのデューイも、弟の真心に触れ、素直に頷《うなず》く。ケイも、熱っぽい声でデリックに言った。

「僕、ちゃんとやります！　いえ、たぶんデューイさんが自分でやったほうがいいと思うので、さぼってたら僕がちゃんと怒ります」

「おう、そうしてやってくれ。お前が相手なら、兄貴も大人げない減らず口も叩《たた》かないだろうしな」

「大人げない減らず口とはいったいどういう……」

「はーい、そこまで。ご飯の前に揉《も》めて雰囲気を悪くしないでよ。子供じゃないんだからさ」

あやうくいつもの兄弟げんかが始まりそうなところで、第四の声が介入する。エミールだ。

徴兵されることなく、戦時中も警察官としてずっと働いていたので、喧嘩の仲裁はお手の物である。

しかも幼なじみゆえに、エミールは兄弟の気性も知り尽くしている。

二人とも格好を付けたいタイプなので、そう言われては決まり悪そうな顔で口を噤むしかない。エミールとケイは、顔を見合わせて小さく笑った。

「そうだ、もうご飯ができてるんです。足のマッサージのやり方はまたあとで教えてください。先に晩ごはんにしましょう」

立ち上がったケイのそんな言葉で、四人は食卓に着いた。

今日のメインは、マカロニ＆チーズ、つまりバターと小麦粉を炒《いた》めて牛乳で伸ばしたベシャメルソースと茹《ゆ》でたマカロニを混ぜ、チーズをかけてオーブンで焼いたものである。

ベシャメルソースを作るときにニンニクの香りだけを仄《ほの》かに移すのと、茹でたカリフラワーを加えるのが、ケイ流のマカロニ＆チーズの決め手だ。今日は特別に、ハムの切れ端を刻んだものも入っている。

デリックとエミールのために、精いっぱいのもてなしの気持ちを込めた特別版だ。

それに、さっき仕上げたばかりの豆のマッシュと、深皿にたっぷりの黄色い蕪のマッシュ、それにマカロニ&チーズと一緒にオーブンで焼いたパースニップを添えて、慎《つつ》ましい食卓が整った。

ケイは水、大人たちは、デリックが手土産に提げてきたポルトガルの赤ワインで乾杯して、四人は食事を始めた。

めいめいが皿に好きなだけ料理を取って食べるのだが、デリックは真っ先に、豆のマッシュを大きなスプーンでたっぷり皿に掬《すく》い入れた。デューイはそれを見て、懐かしそうに口元をほころばせる。

「お前は子供の頃から、本当に豆のマッシュが好きだね」

「おう。戦地でも、最後のほうには豆の缶詰ばっかり食ってたぜ。とりあえず、豆はどこで食っても豆の味だからな。缶詰なら、鍋《なべ》の底からよく煮込まれたネズミが出てくることも……おっと、食卓で言うことじゃなかったな、失礼」

そう言って豆のマッシュを味わったデリックは、たちまち人好きのする笑顔になって、ケイに喝采《かっさい》を贈った。

「ブラヴォー！ こいつは、俺の人生の中でも三本の指に入る豆のマッシュだ！ 前に食ったときより、十倍は旨《うま》くなってるぜ」

ストレートな賛辞に、ケイは色白の頬を赤らめる。

「ホントですか？　でも、豆を茹でて潰《つぶ》しただけだから」

「ばっかだな、単純な料理こそ、料理人の腕が生きるってもんだ。だろ、兄貴」

弟の言葉に、デューイも深く頷く。

「本当にそうだね。ケイのおかげで、わたしの食生活は猛烈に改善されたよ」

エミールも、滑らかなソースをマカロニにたっぷり絡めて頬張り、ニッコリした。さすがに十代の頃のように女子に間違われることはなくなったが、それでも十分に綺麗《きれい》な顔立ちなので、笑うと何とも不思議な華がある。

「美味《おい》しいよね、ケイの料理。僕もデリックもひとり暮らしだから、家庭料理に飢えてるんだよ。ここに来るととびきりの味に出会えるってわかってるから、つい今日みたいに急にお邪魔してしまうんだ」

「おいおい、まったくもって同意だがな、ウナギのゼリー寄せが大好物の奴に褒められても嬉《うれ》しくねえよな、ケイ」

デリックに混ぜっ返されて、エミールはたちまち膨れっ面になる。

「いいじゃないか。ウナギのゼリー寄せ、美味しいよ？」

「旨いもんかよ。ヌルヌルのズルズルだぜ？」

「人の大好物に、その形容詞は酷《ひど》いな！　考えてもみなよ。ウナギを売る店が潰れないんだから、僕以外にも愛好家はたくさんいるはずだ」

「じゃあ、なんであんた以外に見かけないんだろうな、ウナギのゼリー寄せ食う奴。兄貴、知ってるか？」

「……申し訳ないが、心当たりがないね」

「ほらな！」

「ううう、チリヴィネガーをたっぷりかけて食べたら、凄《すご》く美味しいのに……。あっ、でも君の料理のほうが美味しいからね、ケイ」

「なんだよ、やっぱりさほど旨くないんじゃねえか」

「違うよ、ケイの料理が凄く美味しいってこと！」

デリックとエミールの、幼なじみならではのテンポの良い応酬に、ケイはクスクス笑う。

普段はデューイと二人きりの静かな生活なので、気心の知れた客人と一緒に囲む食卓は、ケイには楽しくて仕方がないのだろう。

そんな少年の笑い声を、デューイは複雑な思いで聞いていた。

無論、急にデリックとエミールが夕食にやってきたのは、偶然や気まぐれではない。

昼間、デューイからケイが学校で問題を抱えているらしいと聞いたデリックが、エミールに声を掛け、急遽《きゅうきょ》、予定を調整して来てくれたのだ。

「あんた、不器用だからな。ケイにどう接していいかわかんなくなってるだろ」

家に来たとき、居間で出迎えたデューイに、デリックはそう耳打ちした。

弟に腹を見透かされるのは悔しいことだが、どうしようもない事実なので、デューイは正直に頷いた。

帰宅したケイをいつもどおり出迎え、一緒にお茶を飲むだけで、デューイには精いっぱいだった。

まさか、学校でのトラブルを隠している少年に向かって、「君、苛《いじ》められているんだって？」と訊《たず》ねるわけにはいかない。しかし、「学校はどうだった？」という質問は毎日繰り返しているので、そこから苛めに繋《つな》がる情報がもたらされることはないだろうし、話の膨らませようもない。

実際、今日もその質問に対するケイの返事は「楽しかったです」だけだった。

お茶を飲みながら可能な限り観察してみたが、明らかな怪我もないようだ。

そんな、苛めの話をする糸口さえ摑《つか》めない状況なので、自分よりずっと社交的で話が上手な二人が来てくれて、デューイにとってはありがたいことこの上なしである。

（それにしても、デリックとエミールは、ケイからどう苛めについての話を引き出すつもりなんだろう。デリックの奴、俺に任せろと言っていたが、本当に任せていいものか）

いったいデリックとエミールがどう話を切り出すのかとソワソワしているので、せっかくの料理の味がさっぱりわからない。

そんなデューイを、ケイは少し心配そうに見た。

「デューイさん、ご飯、美味しくないですか？」

デューイはハッとしてかぶりを振る。

「いや、美味しいよ。マカロニ&チーズは、好きな料理なんだ。二人が言うように、ケイが作る料理はどれも美味しい」

「だったらいいんですけど、あまり食が進んでないみたいだから」

「あ……いや」

「旨いから、じっくりゆっくり楽しんでるんだよ、兄貴は。なあ？」

「あ、ああ」

弟の助け船に、デューイは胸を撫《な》で下ろす。まだ幾分不思議そうに「ふうん」と首を傾げるケイに、デリックはごく自然にこう切り出した。

「そういや、学校にも自作の弁当持参で通ってるんだって？」

学校という言葉を聞いただけで、デューイの心臓がドキンと跳ねる。フォークを取り落としそうになり、危ういところでこらえた彼をよそに、ケイはにかんで頷《うなず》いた。

「自作っていっても、残り物でサンドイッチを作るだけです。あとはあるものを……りんごとか」

エミールも、デューイにチラと視線を向けてから、明るい口調で会話に加わる。

「それでも、毎日のことだから、偉いよ。声のほうは、どうなの？　今は普通に喋《しゃべ》れてるみたいだけど、授業のときとか、不自由はない？」

ケイはニッコリ笑って頷いた。

「はい。時々、声が出にくい日がありますし、長く喋ると声が掠《かす》れることもよくありますけど、授業で本を少し読み上げるくらいなら、平気です」

「そりゃよかった」

エミールは明るい笑顔でそう言いながら、蕪のマッシュのお代わりを自分の皿に取る。スウィードと呼ばれる大きな蕪を茹でて、ミルクとバターを加えて滑らかになるまで潰したもので、とにかく腹に溜《た》まる。

すると入れ替わりに、デリックがごくさりげなく質問役を引き継ぐ。

「で？　肝腎《かんじん》の学校生活はどうだよ。勉強にはついていけてるのか？　しばらくブランクがあったから、きついんじゃねえの？」

ケイはその質問には、恥ずかしそうにしながらも素直に肯定の返事をした。

「ロンドンの学校は、僕が前に通っていた学校より少し難しいことをやっている気がします。でも、質問に行けば担任のカーネル先生が教えてくださいますから」

「そっか。けど、先生じゃなくて、友達に聞いたほうが気軽なんじゃないか？」

いきなりストレートな質問をぶつける弟に、デューイは焦ってもう少し婉曲《えんきょく》にと目配せする。それに気付いていながら、デリックは兄を完全に無視してケイをじっと見た。

ケイの、あまり彫りの深くない繊細な顔に、すっと影が差す。それでもケイは、デリックの質問をさりげなくかわそうとした。

「友達だと、間違っているかもしれないから」

だが、子供の知恵にしてやられるデリックではない。ふうん、といったんは軽く流しておいて、彼はザクリとケイの心を刺した。

「もしかして、勉強を教えてくれるような友達がいないのか？」

ピクリとケイの頰が小さく痙攣《けいれん》する。その手からフォークが落ちて皿に当たり、ガチャンと不愉快な音を立てた。

「ごめんなさい！」

ケイは慌ててフォークを拾い上げる。デューイは、さすがに我慢できず、抑えた声で弟を叱責《しっせき》した。

「デリック。いきなり何てことを」

エミールも、心配そうに成り行きを見守る。当のデリックは、平然と嘯《うそぶ》いた。

「これでも、密《ひそ》かに心配してたんだぜ？　転校生ってのは、仲間はずれにされたり、苛められたりするのが定石だからな。特に、田舎から出て来た奴は、色んなことでからかわれるもんだ。訛《なま》りとか、服装とか、まあ、ネタはいくらでもある。俺がガキだった頃も、そういう転校生はいたし、苛めっ子もいた。だから」

「デリックさんは、苛めっ子じゃなかったんですか？」

他人の話を遮るような失礼なことを、日頃のケイは決してしない。彼の亡き父親は穏やかな人柄ではあったが、上流階級のマナーについては、息子に厳しく教え込んだからだ。

しかし今、ケイはデリックの話を最後まで聞かずに、こちらもストレートな質問を投げかけた。

さっきまでは和やかだった食卓に、微妙な緊張感が漂い始める。

だがデリックは、いつものふてぶてしい態度を変えず、肩をそびやかした。

「俺は傍観者だったな」

「傍観者？ 見てるだけだったんですか？ どうして？」

「どうして？ そうだな。俺はガキの頃から売られた喧嘩《けんか》はたいてい買うし、自分から売ることも、まあ、たまにある。けど、誰かを苛めたいと思ったことはねえし、頼まれもしないのに苛められてる奴を助けようと思ったこともないから……だろうな」

「もし頼まれたら、苛められてる子を助けてあげましたか？」

「そりゃ、頼んできた奴の心構えによりけりだ」

デリックは、微塵《みじん》も躊躇《ためら》わず答え続ける。いささか険しい面持ちだったケイは、それを聞いて軽く首を傾げた。母親譲りの艶《つや》やかな黒髪が、ふわりと動く。

「心構え？」

デリックは頷き、わざとらしく眼鏡を掛け直して、テーブル越しにケイの顔を覗《のぞ》き込んだ。

「そいつが自分では何の努力もせず、抵抗もせず、ただ他人を頼りにするようなら、俺はきっと助けない。まずはてめえで頑張れって突き放すだろう。けど、そいつがそいつなりのやり方で、理不尽な扱いに抵抗するなら……その上で助けが必要だってんなら、俺は喜んで手を貸すぜ。今の俺はそうだし、ガキの頃もきっとそうしたと思う」

そこで言葉を切って、さっぱりした味のワインを一口飲んだデリックは、右の口角だけを上げ、軽い口調で問いかけた。

「で？　ケイ、お前は俺に助けてくれと頼むのか？」

敢《あ》えて「お前は苛められているのか」と問いかける代わりに、デリックはそんな質問をした。

デューイとエミールは、息を殺してケイの返事を待つ。

少年はしばらく俯《うつむ》き、下唇を噛《か》んでいたが、やがて顔を上げ、デリックを見てゆっくり首を横に振った。

デリックは、眼鏡の奥の目を軽く見開く。

「俺の手助けは要らないってか。兄貴か、エミールに助けてもらうか？」

その問いかけにも、ケイはかぶりを振る。

デューイは、たまらずケイに話しかけた。

「ケイ。学校でつらい目に遭っているなら、どうして打ち明けてくれなかったんだ？　わたしでは、君の力になれないのかい？」

「ごめんなさい。そんなつもりじゃなかったんです」

「あやまらなくていい。責めているわけでもないんだよ。でも、わたしは君が学校生活を楽しんでいるとばかり思っていた。確かに……その、君のお母さんのことや声のことで、からかわれる可能性は心配していたけれど、君は学校が楽しいと言っていたから」

デューイは極力穏やかに話そうと努めたが、ケイは辛《つら》そうな顔で、言葉を探しながらこう告白した。

「勉強することは、楽しいです。だけど……学校でひとりぼっちなのには慣れているんです。初めてじゃないから」

「初めてじゃない？」

大人三人の声が、期せずして見事に重なる。次の問いを口にしたのは、エミールだった。

「それは、以前、お父さんの家にいた頃でも、学校で仲間はずれにされていたってこと？」

ケイは、小さく頷く。

「どうして？　君のお家は、地元の名家だったんだろう？」

「だからです。地元の子供たちとは、何もかも違っていました。服装も、喋り方も、遊びも……持たされたお弁当も。他の子たちは、僕のことを珍しい動物みたいな目で見ていて、話しかけようとはしませんでした。ほとんどの子たちは、僕の家が所有している土地に暮らしていましたし、親が屋敷で働いている子もいました。何かあったら、親が咎《とが》められるから……僕が話しかけようとしても、みんな逃げました」

エミールは、優しい顔を曇らせた。

「なるほど。それは、僕たちにはわからない寂しさだな。腫《は》れ物《もの》に触るような扱いってことだろ。それはそれで、とてもつらいね」

優しい声でそう言われて、ケイは素直に頷く。エミールは、なおも言葉を継いだ。

「だけど、仲間はずれや苛《いじ》めに慣れっこってのは、やっぱりよくないよ。それに、こっちの学校では、そういう苛められ方じゃないだろ？　君の保護者は、今はデューイになったわけだし」

「はい。だから……あ、いいえ」

ふと口ごもったケイは、深呼吸を一つしてから、大人三人の顔を順番に見た。そして、「心配してくださって、ありがとうございます」と礼を言った。

唐突な感謝の言葉に、三人は一様に戸惑いの表情になる。

ケイは、大切な記憶を引き出すように、胸元に右手を当てて言った。

「前の学校で仲間はずれにされていたとき、お父さんが言ったんです。『のけ者にされる痛みは、それを味わった人間じゃないとわからない。それを酷《ひど》いと詰《なじ》ったところで、人を傷つけることしかしたことのない人間には、傷つけられる人間の気持ちは決してわからないんだよ』って」

デリックは煙草入れを取り出し、思い直して上着の胸ポケットに戻しながら肩を竦《すく》めた。

「真理だな」

「はい。でも、それじゃどうすればいいのって訊《き》いたら、お父さんは『耐えなさい』って言いました。『耐えるっていうのは、屈することじゃない。お前に恥じるところが何もないなら、前を向いて、胸を張って、堂々と生きなさい。誰かがきっとそれを見ていてくれる。その人こそが、お前が友とすべき人だ』って。だから僕は、ここでもそうするつもりです」

亡き親友の言葉を聞いて、デューイは感慨深そうに嘆息する。

「ジョナサン……ナットが、そんなことを」

父親の愛称を口にするデューイを嬉《うれ》しそうに見て、ケイはこっくりと頷《うなず》いた。

「お父さんの言葉は、とても正しいと思います。そして僕には、勉強がみんなより遅れていること以外、何も恥じることはありません。だから、堂々と生きます。そこで大人の力を借りてしまったら、もう僕の戦いじゃなくなるから。心配してくださってるのは嬉しいけど、今はただ見ていてもらえませんか？　僕、そうしたいんです」

小柄で、決して声を荒らげることはないケイだが、まだか細い声で語るその瞳《ひとみ》には、強い決意の色がある。

大人しくて物静かだったが、ここぞというときには決して一歩も退かなかった父親ジョナサンの面影を息子に感じて、デューイは瞼《まぶた》の裏がジンとした。

デリックとエミールも、そんなケイの芯《しん》の強さを知って、安心したらしい。それでもエミールは、警察官らしく、こう念を押すのを忘れなかった。

「わかった。でも、ひとりで戦いきれないと思ったら、必ず大人に相談するんだよ。先生でも、僕らの誰でもいいからね」

デリックも、さりげなく言葉を添えた。

「お前の考えを知った以上、俺たちはお前の代わりに苛めっ子と戦うことはしない。けど、お前の盾にはなってやれるからな」

「盾、ですか？」

「本物の戦争でも、ドンパチの間には、そこそこ安全な場所に引っ込んで、飯を食ってお茶を飲んで休息するんだ。学校で戦うときだって、休憩は必要だろ。そういうときには、大人を上手《うま》く使え。お前が、お前の意思で身を寄せられる盾が、ここに三枚もあると思え。ゴージャスだろ？」

「……はい」

そんな洒落《しゃれ》てはいるが、いささか不器用なデリックなりの励ましに、ケイは嬉しそうに微笑んだ。そして、深く頷く。

安堵《あんど》しながらも、デューイはまだ不安を拭《ぬぐ》いきれなかった。さっき、ケイが何かを言いかけてやめたのが、少し気に掛かっていたのだ。

だが、彼がそれを問い質《ただ》そうかどうしようかと迷っているとき、階下で呼び鈴が鳴った。

「こんな時刻に誰だろう。もう、午後八時過ぎだというのに」

訝《いぶか》るデューイを労《いたわ》り、ケイは「僕、行ってきます」と席を立とうとする。だがエミールが、それを制して立ち上がった。

「物騒だから、僕が行くよ。これでも刑事だからね」

片手に灯《あか》りを、もう一方の手に武器になるように火掻《か》き棒を持って一階へ降りていったエミールは、訪問者と二言三言会話をして、すぐに戻ってきた。

そして、デューイに真っ白な封筒を差し出す。

「君あてに手紙だって。メッセンジャーボーイが届けてきたよ。急ぎの用事なんじゃない？」

「ありがとう。誰からだろう」

封筒を受け取り、少し躊躇《ためら》ってから、ナプキンで綺麗《きれい》に拭《ふ》いたテーブルナイフで封を切ったデューイは、便箋《びんせん》を広げ、急いで目を通して、呆《あき》れ顔になった。

「やれやれ。ハミルトン先生から、昼間の話の補足だ。諦《あきら》めていなかったのか」

「昼間の話？　ハミルトン先生っていやあ、兄貴のかかりつけの医者だろ？　いったい、どんな急ぎの用があるんだ？」

デリックは不審そうに眉《まゆ》をひそめた。デューイは、ゲンナリした様子で答える。

「急ぎの用ではないよ。ただ、こんな遅くにもう一度頼むことで、僕にはいと言わせたいんだろう。丁重な脅迫状のようなものだ」

脅迫状という言葉に、刑事のエミールはたちまち真顔になった。

「何、君、誰かに脅されてるのかい？」

「いや、頼まれているんだがね。どうにも気が進まないものだから、断ろうと思っているんだよ。でも、ハミルトン先生は、何故か僕にご執心だ。おそらくは、この出《い》で立ちのせいなんだけれど」

「……どういうこと？」

言葉を発したのはエミールだが、他の二人も「わけがわからない」と言いたげな顔でこちらを見ているので、デューイは仕方なく、今日の午後のハミルトン医師とのやり取りを掻い摘《つ》まんで説明した。

黙って聞いていたエミールは、驚いた様子で声のトーンを上げた。

「じゃあ、何。君、交霊会に誘われてるの？」

デューイは渋い顔で頷く。

「ああ。ウォルトン男爵が、戦場で命を落とした跡継ぎの霊を呼び出して、語らいたいんだそうだ。わたしとしては、そんなデタラメに付き合いたくはな……」

「駄目ですよ！」

ひときわ凛《りん》と響いたのは、ケイの声だった。

皆、驚いていっせいに少年の顔を見る。

ケイは、大きな声を出したせいで、少し咳《せ》き込んだが、それでもしっかりした口調で主張した。

「断っちゃ駄目です。交霊会、行ってあげてください」

両手をテーブルに置き、軽く腰を上げて訴える少年を、デューイはむしろ不思議そうに見た。

「何故、そんなに君がムキになるんだい？」

するとケイは、ちょっと泣きそうにほっそりした顔を歪《ゆが》めて訴えた。

「だって、僕だってお父さんに会いたいから」

「ケイ……」

「僕は、お父さんの死に顔を見てません。お父さんは戦場で死んでしまったから、僕もお母さんも、さようならが言えませんでした。そりゃ僕だって、ウィジャボードで誰かの幽霊が呼び出せるなんて信じてません。でも」

ケイは目尻《めじり》に滲《にじ》んだ涙をシャツの袖《そで》でそっと拭って、赤くなった目でデューイを見つめてこう言った。

「でも、もし幽霊でもお父さんにもう一度会えたら、ありがとうと、大好きって、伝えたいです。だから、戦場で亡くなった息子さんに会いたい気持ち、僕にはわかります」

「……ケイ」

「俺も、逆方向からやっぱりわかるぜ、兄貴」

デリックも、ケイの肩を持つ。

「逆……。ああ、お前は戦場にいたから」

デリックは、顔の傷痕《きずあと》に指先で触れながら頷いた。

「戦場で、みんなよく言ってた。せめて今際《いまわ》の際には、幻でもいいから家族の顔が見たいってな。けど、実際は幻を見る暇なんかありゃしねえ。俺はたまさか死ななかったが、目の前で爆弾が炸裂《さくれつ》したと思った次の瞬間、ベッドに寝かされてた。ヘタすりゃ、天国で目を覚ますことになったんだろうよ。もっともそりゃ、天国なんてもんがあればの話だし、あったとしても俺が行ける気はしないんだけどな」

父親を戦場で亡くしたケイを慮《おもんぱか》って、デリックはお得意のどぎつい表現を避け、彼にしてはずいぶんマイルドな表現と、茶化した物言いをした。

それでも、彼の目に宿る暗い闇から、戦場の悲惨さはヒシヒシと伝わってくる。戦地へ行っていないエミールも、ごく控えめに援護射撃をした。

「デューイ、僕も、行ってあげたらいいと思うよ」

「エミール……。刑事の君まで、デタラメを擁護するのかい？」

「そういうわけじゃない。ただ……」

エミールはデューイの指摘に困った顔になりつつも、引き下がりはしなかった。

「デタラメって君は決めつけるけど、それを立証できるかい？」

「立証？　科学的にという意味かい？　それは……わたしには無理だよ」

「だろ？　それこそ刑事としては、それがデタラメでペテンだって立証されるまでは、咎《とが》めることはできないよ。それにさ、今回の件に限っては、ご本人の希望だし、特にその……誰だっけ」

「ウォルトン男爵」

「そうそう、その人を騙《だま》してどうこうしようってわけじゃないんだろ？　交霊会で亡き息子さんの幽霊に会いたいって気持ちが生きる原動力になるなら、それは悪いことじゃないと思うんだけど、君はどう思う？」

エミールは普段理屈っぽいことを言わないだけに、たまに口にする鋭い指摘には説得力がある。しかし、デューイはなおも食い下がった。

「それはそうかもしれないが、実際、交霊会で幽霊が呼び出せなかった場合、気落ちしてさらに男爵の状態が悪くなるということも……」

「あるかもしれないけど、それも主治医は覚悟の上なんだろ？　もしかしたら、その交霊会をきっかけに、気持ちに区切りをつけられるかもしれないじゃないか」

「うう……」

「君のその姿はとってもクラシックだから、交霊会の雰囲気作りに役立つっていうなら、行ってあげればいいんじゃないの？　別に、君に幽霊を呼び出せって言われてるわけじゃないんだからさ」

「同意」

「僕も同意です！」

デリックとケイが、次々にエミールに賛成する。

本来ならば、「大人の話に子供が口を出すんじゃない」とケイを窘《たしな》めるべきところだが、そもそもこの話題を持ち出してしまったのは自分なので、デューイはケイに軽い牽《けん》制《せい》の眼差《まなざ》しを向けるだけに留《とど》めた。

だがそれを、反対意見と受け取ったのだろう。ケイはいささかムキになって、両の拳《こぶし》をギュッと握りしめた。

「じゃあ、デューイさんは、僕のお父さんの幽霊に会いたくないですか？」

胸を直接抉《えぐ》るような問いかけに、デューイの口元がピクリと動く。ケイは、再び涙ぐんで、こう訴えた。

「お父さんは、戦場からの手紙でデューイさんに仲直りしようって伝えられたけど、デューイさんは、お父さんに気持ちを伝えられてないでしょう？　たとえ幽霊でも、目の前に出てきてくれたら、仲直りしたいって思いませんか？」

なおも唇を引き結んでいたデューイは、いかにも渋々、自分の気持ちを口にする。

「それは……確かに。君の気持ちを理解してやれなくてすまなかった、意地を張ってすまなかったと赦《ゆる》しを乞えたら、どんなにわたしは救われるだろうと思うが、それは生者の勝手な願望ではないだろうか」

「勝手でいいじゃないですか。会えない人に会いたいって気持ちに寄り添ってあげることが悪いことだとは、僕は思いません」

十二歳の子供に完膚なきまでに論破されて、デューイは思わず呻《うめ》き声を上げる。それを降参の合図と取って、エミールはニッコリした。

「ケイの勝ち。決まったね！」

デリックも、指をパチンと鳴らし、気障《きざ》に笑った。

「よかったな、兄貴。あんたの養い子は、ビックリするほど賢くて強いぜ。けどまあ、ケイ。その拳は今はとっとけ。兄貴を殴り飛ばすなら、もうちょっとシリアスな案件で揉《も》めたときのほうがいい」

「うわっ。す、すみません。僕、そんなつもりじゃ」

デリックにからかわれて、ケイは大慌てで拳を開き、手のひらに滲んだ汗をズボンでゴシゴシと拭《ふ》く。

場の空気を和ませてくれた幼なじみと弟に内心では感謝しつつ、デューイは渋々両手を軽く上げ、全面降伏の意を示した。

「まったくね。……わかったよ、ケイ。確かに、君が正しい。というか、君たちが正しい。わたしは少し頑《かたく》なだったようだ」

そう言って情けない笑みを浮かべるデューイに、ケイは期待の眼差しを向ける。

「じゃあ……」

「明朝、ハミルトン先生に電話して、承諾の返事をするよ。戦争で息子を亡くして、深い悲しみに沈む人のために、善意で行われることを否定したのは、やり過ぎだった。わたしが交霊会を執り行うわけじゃないんだ。雰囲気作りのために同席せよというなら、喜んで……とは言えないまでも力になろうと思う」

「それでこそ、デューイさんです」

「なんなら、もっと根性を入れたヴィクトリアンスタイルで行けよ。こう、舞踏会に行くような服装でさ」

ケイは嬉《うれ》しそうに微笑み、デリックもここぞとばかりに混ぜっ返す。

「わたしが行くのは交霊会だ。仮装大会ではないよ、デリック。まあ、交霊会のときだけ仮面をつけるくらいなら、してもいいけれど」

デューイも珍しく弟の軽口に乗り、一度は重苦しい空気に支配された食卓は、再び明るさと温かさを取り戻す。

「あっ、デザートにアップルクランブルを用意してるんです。持ってきますね」

そう言って席を立ったケイの小さな背中を、三人は優しい眼差しで見送る。

「あいつは大丈夫だよ、兄貴。ああ見えてタフな奴だ。俺たちは、黙って見守ろうぜ」

デリックは兄にそう囁《ささや》き、エミールも小声で同意する。

「そうだね。学校での苛《いじ》めに心が折れることはなさそうだ。でも、孤独な戦いはつらいから、せめて心を開ける友達ができるといいんだけど」

「……わたしもそれを期待しているけれど、これぱかりは願ってどうなるものでもないからね」

「そうだね。でも、そう祈ることは、助けになるかもしれないことはあっても、決して邪魔にはならないからさ！」

そんな前向きなエミールの言葉に、デューイは微笑んだ。

子供の頃から、どちらかといえば悲観的なデューイを、エミールはこうしていつも明るい言葉で力づけてくれた。

大人になってからも、そうした関係性は、少しも変わらないようだ。

「ほら、兄貴はもっと食え。まだマカロニが残ってんだろ」

一方、昔からやんちゃだった弟は、大人になってやけに世話焼きになり、デューイの皿に半ば冷えたマカロニを盛りつけようとする。

デューイは慌てて、それを片手で制止した。

「いや、わたしはもういいよ。ケイのアップルクランブルは絶品だから、胃袋に余裕を残してあるんだ。それに、残ったマカロニ＆チーズは、明日《あした》、ケイがオムレツにしてくれる。それがまた美味《おい》しいんだよ」

「なんであんたがそれを得意げに言うんだよ」

「だって、本当のことだからね。お前は食べられなくて可哀想だな」

「くっそ、そんなこと言うと、今夜は酔い潰《つぶ》れて、わざとここのソファーで寝ちまうぞ」

「そんなことをしたら、二日酔いでオムレツなんて食べられませんよ。それに、お医者様が酔い潰れるまで飲むなんて、駄目です」

戻ってきたケイに、大人びた口調で窘められ、デリックは頭を掻《か》いて「面目ない」と反省してみせる。

エミールと一緒になって、そうだそうだと笑ってケイに同意しながら、デューイは、ケイが大人になっても、こんな他愛ない団欒《だんらん》が続いていますようにと祈っていた。

＊　＊

それから三日後の夕刻、ローウェル骨董《こっとう》店の二階では、交霊会に備え、デューイが身支度をしていた。

手伝うのはケイと、仕事を終えて駆けつけた、子守役のエミールである。

「すまないね、エミール。仕事はいいのかい？」

七十年ほど前に流行《はや》った、折り返し襟のついた真っ白なシャツを着込みながら、デューイは旧友を気遣う。

エミールは、そんなデューイの首にネクタイを回し掛けてやりながら答えた。

「最近、事件が少なくてね。意外と暇なんだ。警部も、家で晩飯が食えるって喜んでるよ」

エミールが言う警部というのは、彼の直属の上司であり、相棒でもあるベントリー主任警部のことである。

ワーカホリックが揃うスコットランドヤードでも、仕事の鬼と呼ばれている現場叩《たた》き上げの猛者《もさ》だ。

いかついベントリーと妖精《ようせい》のようなエミールが連れ立って歩く姿は、今や、ヤードの新しい名物の一つとされている。

「ヤードが暇なのは、ロンドンにとってはいいことだね」

「うん、そういうこと。だから今日は、喜んでケイと楽しく留守番をするよ」

「助かるよ。……ケイ、ウエストコートを取ってくれるかい？」

「はいっ」

ケイは初めて見る銀色の細かい刺繍《ししゆう》が入った豪華なウエストコート、いわゆるベストを取り、デューイのために広げてやった。

ズボンを吊《つ》るサスペンダーの長さを調整してから、デューイはそっとウエストコートに袖《そで》を通す。

シルクの上質な生地で仕立てられた衣服だが、とにかく時代物なので、扱いには慎重を期さなくてはならない。

「まったく、こんなに着飾る必要はないと思うんだけれど」

この期に及んで不平を言うデューイに、エミールは笑顔で言い返した。

「いいじゃないか。このほうがうんと気分が出るよ。その髪型に本物の古着なんて、まさにヴィクトリアン！　って感じ」

「皆そう言うけれど、本当は、ヴィクトリア時代、ほとんどの男性は短髪だったんだよ」

「そういう細かいことはいいの。雰囲気が大事なんだから」

「いい加減だな……」

「そこに細かいのは、骨董商か歴史学者くらいのものじゃないの？　ほら、カフリンクスを留めるから、腕を上げて」

「僕はネクタイを結びますから、ちょっと屈《かが》んでください」

二人に寄って集《たか》って人形のように扱われ、デューイは控えめな悲鳴を上げた。

「わたしは足が悪いから、そう器用なポーズは取れないんだよ」

そのとき、階下で呼び鈴が鳴らされた。約束の時刻より少し早く、迎えの馬車が来てしまったらしい。

デューイは慌ててケイに指示をした。

「ケイ、ネクタイはいいから、下へ行って、もう少しだけ待ってくださいとお願いしておくれ。丁寧にね」

「はいっ！」

少年は元気よく階段を駆け下りていく。

「大急ぎだね。はい、カフリンクスは出来上がり。あとは……」

「フロックコート」

「そうそう。わあ、これも綺麗《きれい》だな」

ダブルブレストの艶《つや》やかな黒のフロックコートは、膝丈《ひざたけ》で、デューイの身体にピッタり添っている。まるで誂《あつら》えたようだ。

「これ、仕立て直したの？」

「ほんの少し、袖を出したくらいだよ。わたしとよく似た体格の人だったんだろうね」

「へええ。あとはオーバーコートを着なきゃね。今夜も冷えそうだ」

こちらは父親が使っていた二十年ほど前の外套《がいとう》を着込んだデューイの全身を一歩下がって眺め、エミールはパチパチと手を叩いた。

「うん、完璧《かんぺき》。まるでヴィクトリア時代の紳士って感じだよ」

「だから、それには髪が」

「それは、これでごまかせるじゃないか。はい、どうぞ」

仕上げとばかりに、エミールは黒いトップハットを差し出す。あまり高さは際だっておらず、シャツやフロックコートに比べれば、ほんの少し後に作られた品である。うなじで結んだ髪を念入りに後ろに撫《な》でつけてから帽子を被《かぶ》り、外出用の上等なステッキを手にして、デューイは苦笑いでエミールを見た。

「どうだい？　幽霊を呼べそうかな」

「呼べそうな気がする！　きっと、先方も喜んでくださるよ」

「……だといいけれど」

「もしかしたら、商売に結びつくかもしれないし。ほら、いつもみたいににこやかに！　楽しいイベントじゃないかもしれないけど、人生経験だと思って楽しんでおいでよ」

背中をバンと叩かれ、デューイはぎこちなく微笑してみせる。

「わかった。君も、ケイと楽しく過ごしてくれるといいのだけれど」

「大丈夫。任せてよ。今日は一緒に夕飯を作って、あとで、クロスワードパズルをやって遊ぶ約束なんだ」

「……クロスワードパズル？」

「知らない？　アメリカから来た遊びだよ。単語を並べて遊ぶパズルでね、雑誌の“Pearson's”に今年から載るようになったんだ。単語の勉強にはもってこいだから、そのページをちぎってきた」

「おやおや。それは楽しそうだ。帰ったら見せておくれ」

「わかった。じゃあ、行ってらっしゃい」

「行ってきます」

トップハットのつばに手を掛けて挨拶《あいさつ》し、デューイは手すりに縋《すが》り、ゆっくりと階段を降りた。

外はもはや真っ暗で、街灯の光が、店の前に横付けになったタクシーを照らし出している。さすがに、ここは古式ゆかしく馬車で、というわけにはいかなかったらしい。

ケイに見送られて外に出ると、身を切るような寒風が吹き過ぎた。

雪こそ降っていないが、エミールが言うように、寒い夜になりそうだ。

「こんばんは、先生。お待たせして申し訳ありません」

丁重に詫《わ》びながら、運転手が開けてくれた扉から車に乗り込むと、中で待っていたハミルトン医師はにこやかに手を振った。

「なんの、気が急《せ》いて、僕が早く来過ぎてしまったんだ。おお、立派にドレスアップしてくれて、嬉《うれ》しい限りだな」

「先生に恥を掻かせるわけには参りませんので」

慇懃《いんぎん》に言葉を返してから、デューイは車の窓からケイに声を掛けた。

「寒いから、中に入りなさい。戸締まりはしっかりとね」

「はい。行ってらっしゃい。どうか、いい結果が出ますように」

養い子のそんな優しい願いに、デューイは言葉で応《こた》えず、ただ人差し指に中指を掛け、十字を作る仕草で応えた。

それは、神の加護を願う、ひいては幸運に恵まれるよう祈るというサインだ。

ニッコリ笑って同じサインを返し、ケイは、排気ガスの臭いを残して暗い道を走り去るタクシーを、見えなくなるまでじっと見送っていた……。

三章　死者と分かち合う世界

ハミルトン医師とデューイを乗せたタクシーは、リージェンツ・パーク、ハイド・パーク、ケンジントン・ガーデンズ、そしてホランド・パークと、ロンドンを代表する公園や庭園の前を次々と通り、最終的にホランド・パークの東を南北に走る「アディスン・ロード」に入った。

「ずいぶん静かですね。人気《ひとけ》がありません」

デューイがそう言うと、ハミルトンは窓の外を眺め、含み笑いをした。

「ここは、ロンドンでも指折りの高級住宅街だからね。日が暮れてから往来をウロウロするような人間はいまいよ。僕の患者も、ここいらにたくさん住んでいるよ。皆さん、わざわざエンジェル地区までお出ましになるんだ」

さりげなく筋のいい患者を抱えていることを自慢され、デューイは感情を交えず、「素晴らしい」と礼儀正しい相づちを打つ。

「そういえば、ハミルトン先生は、ウォルトン男爵と面識がおありなのですか？」

デューイの問いに、ハミルトンは胸を張って答える。

「うむ。ラッセルに請われて、幾度か共に往診に伺ったことがある。ご長男の死後、男爵があまりにも急激に体調を崩されたので、あるいは自分が重篤な病を見落としたのではないかと、ラッセルが気を揉《も》んでね」

「それで、先生が意見を求められたというわけですか」

「うむ。だが僕も同じ見立てだ。やはり、全身の衰弱の原因は、大きすぎる悲嘆だろう。まだご長男が生きておられた十年前の男爵の写真を拝見したが、まるで別人だ。身体など、半分くらいの薄さになってしまわれたのではなかろうか」

「そこまで酷《ひど》いことに……」

「だからこその交霊会だよ。君は馬鹿馬鹿しいと思っているだろうが」

「……いえ」

曖昧《あいまい》に答えるデューイに、ハミルトンは太い人差し指を立ててみせた。

「聞いたことがないかね。〝Fancy kills or cures.〟という格言を」

デューイは、小首を傾げる。

「空想は人を殺すこともあり、癒《いや》すこともある……ですか」

ハミルトンは真顔で頷《うなず》く。

「死者の霊など、おそらくは想像の産物だろうと僕も思う。ラッセルとて、幽霊の存在を本気で信じているわけではあるまい」

「それなのに、交霊会を計画なさったのですか？」

デューイの声に、ほんの少し非難の色を感じとったのだろう。ハミルトンは、分厚い肩を軽く竦《すく》めた。

「それだけ、男爵の、亡きご長男を悼む気持ちが強いということだ」

「死者を想う強すぎる気持ちが、空想の幽霊を生み出すと……？」

「我々は、それを期待している。普段からそのような馬鹿げたことはなくても、幽霊を招くための催しで幽霊が現れるのならば、不思議はないだろう？　男爵の空想を羽ばたかせるためのお膳立《ぜんだ》てなのだよ、交霊会というのは。言うなれば、大人のままごと遊びだ。しかも、真剣にやらねばならないままごと遊びだよ」

「なるほど。しかし、いくら期待しても、上手《うま》くいくかどうか。確かに、男爵が亡き息子さんの幽霊を見ることができ、さらには言葉を交わすことができれば、先日仰《おっしゃ》っていたように生きる力を取り戻すことができるやもしれませんが……」

「それは〝cure〟のほうだな。君が言いたいのは、〝kill〟のほうだろう？　わかっている。交霊に失敗すれば、男爵がさらに気落ちなさる可能性も大いにある」

ハミルトンは、いつになく真面目くさった顔でそう言い、車内の暗がりを透かすようにしてデューイの顔を見た。

「その危険を考慮しても、交霊会に賭《か》けたい。ラッセルがそう思い詰めるほどに、男爵の衰弱が急激に進んでいるのだろうね」

「なるほど。……先日は、失礼しました。そういう深いご事情があるとも知らず、狭量なことを申しました」

　率直な謝罪に、ハミルトンは笑ってデューイの肩を叩《たた》いた。

「いや、無理もない。気にしないでくれたまえ。今夜、君がこうして来てくれたことが何よりの喜びだよ。共に気の毒な男爵のため、交霊会の介添えを務めようじゃないか。ああ、もうすぐだ」

　見るからに高級なフラットが並ぶ界隈《かいわい》を抜けてさらに北上すると、ほどなく道幅がやや狭くなり、一軒家が多いエリアになる。

　その一角で、タクシーは停まった。

「ここだよ。ウォルトン男爵のタウンハウスだ」

　今回は運転手ではなく、屋敷の中から出て来た執事がタクシーの扉を開けてくれる。

「ハミルトン先生、お寒い中、ようこそいらっしゃいました。お連れ様も」

「やあ、ブラウン」

　車から降りてブラウンと呼んだ執事と握手を交わしたハミルトンは、よろめきながら腰を上げたデューイに手を貸し、車から降りるのを手伝った。

「ブラウン、こちらはデューイ・ローウェルさんだ。僕の患者にして、目利きの骨董商《こっとう》、そして才能溢《あふ》れる画家でもある」

「先生、画家は今は……」

「休業中だったか。しかし君の作品が消えてなくなるわけじゃない、いいじゃないか」

ハミルトンは茶目っ気のある口調で嘯く。悪意がないだけに、デューイとしては咎めるわけにもいかない。

執事のブラウンも、完璧《かんぺき》な角度でデューイに頭を下げる。毛一筋乱れないほどポマードで撫《な》でつけた、上品な白髪交じりのブルネットだ。

「ようこそお越しくださいました、ローウェル様。お名前はかねがね」

「わたしの名など……」

「いえ、存じておりますとも。お迎えできて光栄です。どうぞ、こちらへ」

ブラウンは二人を屋敷へと誘いながら、先に立ってゆっくりと歩き出す。

「さ、行こう。タイルがでこぼこしているから、足元に気をつけたまえよ」

ハミルトンは、慣れない場所でデューイが転ばないように、片腕をさりげなく取って歩き出す。杖《つえ》では心許《こころもと》なく感じていたデューイは、ありがたく主治医の気遣いを受け取った。

貴族のタウンハウスといっても、実情は豪華なヴィラから集合住宅まで様々だが、この家は、さしずめ中くらいのランクといったところだろうか。

辺りが暗いので全景はわからないが、白い柱を並べたようなデザインの外塀を見るだに、決して敷地は広くない。

ロンドンは土地が高いので、建物の高さで豪華さを競う貴族たちも多い中、この家は三階建てで、煉瓦《れんが》造りのシンプルな外構だ。

玄関の扉の両側には、藤と思われるグネグネした太い蔓《つる》が張り付いている。煉瓦に鉄釘《くぎ》を打って、固定してあるのだろう。

（初夏には、見事な藤が垂れ下がるんだろうな。赤煉瓦との対比がきっと美しいことだろう）

そのさまを想像しながら、デューイはハミルトンの腕を頼りに、屋敷の中に足を踏み入れた。

玄関ホールは、客人を歓迎するように、暖かかった。

狭い、ほとんど通路のような細長い空間だが、入ってすぐ左手に小さな暖炉が設《しつら》えてあり、そこで薪《たきぎ》が静かに燃えていた。

冬の夜には、何よりのもてなしだ。

奥は二階へ続く階段になっており、床面には階段まで切れ目なく、美しい深緑色の絨《じゅう》毯《たん》が敷き詰められている。古びてはいるが、毛足の長い上等な絨毯だ。

壁面には鹿の頭部の剝製《はくせい》がいくつか飾られ、いかにも貴族の別宅らしいクラシックで重厚な雰囲気を醸し出している。

この時点で、デューイは、今夜の催しに自分が求められた理由を正しく理解することができた。

何しろ、この建物自体が、ヴィクトリア時代の空気を色濃く湛《たた》えているのだ。そこに前時代的な雰囲気を持つデューイが来れば、居あわせた人々は皆、まるで家の中の時間が巻き戻されたように感じることができるだろう。

（なるほど、今夜はわたし自身が、この家の装飾品の仲間入りをするわけか）

奥から出てきた若いメイドに帽子や外套《がいとう》を預けながら、デューイはふとそんなことを考え、少し滑稽《こっけい》になった。

それにしても、静かな屋敷だ。

執事もメイドも、驚くほど音を立てず、密《ひそ》やかに動く。

聞こえるのは、外で自動車が行き過ぎる音、それに暖炉で薪が爆《は》ぜる音くらいだ。

あるいは、この家の主人が静寂をことのほか愛する人物なのかもしれない。衰弱のせいで、神経質になっている可能性もある。

まだ見ぬ屋敷の主《あるじ》の人物像を想像していると、執事のブラウンが恭しく、右手の扉を開けた。

室内は、薄暗かった。

天井から下がるシンプルなシャンデリアの光は、部屋を隅々まで照らすほどに強くはない。他に光を放つのは、暖炉で燃えさかる火と、大きな書き物机の上に置かれたランプだ。

決して広いとは言い難い部屋でもっとも目立つのは、壁の一面を覆うマホガニーの重厚な書架と、それを埋め尽くす膨大な書物である。

二人が通されたのは、屋敷の図書室、いや、主の書斎であるようだ。

玄関のものより大きな暖炉の前に、車椅子に乗った老人の姿があった。部屋着にガウンという病人らしい服装で、下半身は毛布に覆われている。

ブラウンが車椅子を訪問者たちのほうに向け、そこでようやくデューイは、この屋敷の主であるウォルトン男爵の顔をハッキリ見ることができた。

曲がった背中からてっきり老人だと思ったが、男爵は、あるいはそこまで高齢ではないのかもしれない。肌を見る限りでは、六十歳前後といったところだ。

ただ、頬骨が高く浮き上がって見えるほど瘦《や》せた男性の顔からは、生気というものがろくに感じられなかった。

澱《よど》んだ水のように輝きのない双眸《そうぼう》から、心身の疲労と衰弱が窺《うかが》える。

「ようこそお越しになった、ハミルトン先生。ローウェルさんも」

自分が誰かは当然知っていようと言いたげに、男爵は大儀そうに右手を胸の高さまで上げた。木々の間を吹き抜ける木枯らしのような掠《かす》れ声だ。

「本日はお招きいただき、恐悦至極です」

ハミルトンは愛想よく挨拶《あいさつ》し、必要以上に身を屈《かが》めて、男爵と握手を交わす。

男爵の手があまりに骨張っており、反対にハミルトンの手は肉厚なので、まるで小枝をパイ皮で包んだように見える。

ハミルトンに続いて、デューイも男爵と握手を交わした。

「デューイ・ローウェルです。お目にかかれて光栄です」

暖炉の前にいたにもかかわらず、握り返してくる男爵の手は氷のように冷えていて、そのくせ妙に力強かった。

今は弱っていても、元は相当に頑健な人物だったのだろう。車椅子に座っていても、デューイより長身であることは窺えるし、ガウンがどうにも大きすぎるのも、以前はそれがピッタリだったに違いない。

握り合った手を離し、男爵はその手で壁面を指さした。

「会うのは初めてだが、わたしは君の絵を毎日見ておるよ」

「……あっ」

指が示すほうを見たデューイは、思わず驚きの声を上げた。

一族の肖像画や風景画に交じって、確かに彼の絵があったのだ。

デューイがかつて、ケイの父親であるジョナサン・アークライトのケント州の屋敷を訪ねた帰りに立ち寄った、イギリス南東部の海辺の風景である。

セブンシスターズと呼ばれる、独特の切り立った純白の崖《がけ》と暗い色の海、その上に広がる緑の野原を、水彩絵の具を幾度も塗り重ねる技法で描いてあった。

本来、手元に置くつもりで描いたものなので、サイズはせいぜい大きめの帳面くらいだが、デューイ自身、とても気に入っていた作品だ。

しかもその絵は、その絵を気に入ったジョナサン・アークライトが作ってくれた額に納められている。

「これは」

「はい、ローウェル様のお作です。戦時中、ロンドン市内のとある画商より、旦那《だんな》様がお買い求めになりました」

主にかわって説明したブラウンは、如才ない笑みを浮かべ、「素晴らしい作品でございますね」とデューイに囁《ささや》く。もう老齢に差し掛かっているブラウンには、いかにもこの屋敷のすべてを知り尽くしているといった落ち着きと貫禄《かんろく》があった。

「ありがとうございます。これは、わたしも好きだったものです。このような場所に飾っていただけて、とても嬉《うれ》しいです」

デューイが感謝の言葉を口にすると、男爵は膝《ひざ》の上で、虫でも払うような手の動かし方をした。おそらく、礼には及ばないと言っているのだろう。

(懐かしいな。まさか、この絵がこんなところにあるとは)

デューイは絵に向き直り、そっと額の表面に触れてみた。「絵の邪魔にならない額にしなくてはな」と言いながら、額にごく控えめな波の彫刻を入れてくれたジョナサンの姿が、ふっと目に浮かぶ。

実はこれは、デューイが獄中にいるあいだに、両親が生活の足しにと売却してしまった彼の絵の一枚だった。

もう二度と見られないと諦《あきら》めていたので、思いがけない場所で再会できた自分の作品から、デューイは視線を外せなくなる。

そんな彼をよそに、ハミルトンはもうひとり来るはずの参加者に言及した。

「ラッセルはまだですかな？」

するとブラウンが、また恭しく答えた。

「ラッセル先生は、患者様から急な往診の依頼があったそうで、少し遅れるとのことです」

「おや、そうかね。交霊会には間に合うといいが」

「それは大丈夫だと仰せでした」

ハミルトンと会話をしながら、ブラウンは部屋の片隅に置かれていた、木製のワゴンをゆっくりと主の近くに押してきた。

ワゴンの上には、いかにも高価そうなクリスタルガラスのデキャンタやグラスが並んでいる。

男爵の指一本の指示を正確に汲《く》み取り、ブラウンは褐色のボトルをハミルトンとデューイに示してこう言った。

「テーブルの支度が整うまで、シェリーでも如何《いかが》でしょうか」

ここに来るまで、デューイはすぐに交霊会が開かれるのだと思っていた。

だが、飲み慣れない辛口のシェリーを舐《な》めるように飲み、ほんの十分ほど書斎で過ごした後、ハミルトンとデューイはすぐ隣のダイニングルームに案内された。

ごたついた書斎よりはスッキリした広い部屋だが、やはりここも前時代的な部屋だった。細長いテーブルの上には花が飾られ、天井からは大きなシャンデリアが下がっている。

暖炉の上には飾り棚があり、そこには中国や日本の絵皿や壺《つぼ》が左右対称になるように展示されている。暖炉の前に置かれたファイアスクリーンにも、中国風のエキゾチックな風景が描かれていた。

壁紙は落ちついた緑色に様々な植物が描かれた意匠だが、それがよく見えないほど、絵画の額が掛けられている。いずれも田舎の風景なので、男爵の所領を描いたものかもしれない。

やはりここもヴィクトリア様式のままで、改装された形跡はなかった。いずれも贅沢《ぜいたく》な設《しつら》えで、金銭的に困窮している気配はないので、おそらくウォルトン男爵は、デューイ以上に懐古主義なのだろう。

ダイニングルームには、男爵夫人のエミリーと、十六歳の次男ルイスが待っており、簡単な紹介と自己紹介を経て、五人はテーブルに着いた。

執事とメイド二人が、つかず離れずの上手な距離感で、給仕を務める。

それぞれのグラスにワインが注がれ、車椅子のままテーブルに向かったウォルトン男爵が、厳かに、だが短いスピーチを始めた。

「今夜は、我が息子アーサーとわたしのため、客人にご足労を願った。有意義な夜になるよう、皆で願いつつ、まずは食事で英気を養っていただきたい。よき交霊会に」

そんなもののために乾杯した経験のないデューイだが、皆と共に「よき交霊会に」と唱和すると、微妙な顰《しか》めっ面《つら》でグラスを目の高さに上げ、皆と視線を合わせて乾杯する。

上流階級の人々は、乾杯のときにグラスを合わせたりはしないのだ。

ほどなく、それぞれの前に前菜の皿が置かれた。

デューイがこれまで経験した貴族の邸宅といえば、ジョナサン・アークライトのケント州の屋敷だけだ。

そこはいわゆる「カントリーハウス」と呼ばれる田舎の邸宅だったので、出される料理は、地元の新鮮で贅沢な食材を素直に調理したものだった。

一方、食材の調達が田舎より難しいロンドンのタウンハウスでは、いったいどんなご馳走《ちそう》が出てくるものかと興味を持っていたデューイだが、目の前に置かれた皿の上には、いささか拍子抜けするような食べ物が載っていた。

金で紋章が描かれた白い皿の上には、まるで野原のようにクレソンが敷き詰められ、その上に殻を剝《む》いたゆで卵が一つ、それにゆでた海老《えび》が四尾、盛りつけられている。

思ったより無愛想な盛り付けだし、いずれも庶民的な食材ばかりだ。

(こんな大層な皿に、ゆで卵をごろんと一つとは)

こみ上げる苦笑いを、デューイは腹に力を入れて引っ込めた。

ハミルトン医師にとっても、これはいささか意外な料理だったのだろう。何とも珍妙な顔で、フォークとナイフを手にする。

これならケイでも作れそうだと思ったが、何の気なしにゆで卵をナイフで切り、口に入れたとき、デューイはそれがとんだ思い違いだったと知った。

ゆで卵は、いったん半分に切ったものを、薄くマヨネーズを塗ってくっつけてあったのだ。

中に詰まっているのは、ただの黄身ではなく、複雑な味わいのペーストだった。

おそらく茹《ゆ》でた黄身を取り出し、様々な食材を細かく刻んで混ぜ合わせたのだろう。

デューイの舌で感じ取れたのは、ケイパーとタマネギのピクルスの酸味、アンチョビーの塩気と磯の風味、あとは何らかのスパイスのピリッとした刺激だ。もしかすると、ウスターシャーソースがほんの僅《わず》か使われているかもしれない。

その風味豊かなペーストとつるんとした卵の白身、そしてピリッとしたクレソンと新鮮な海老を合わせて口に入れると、シンプルでありながら複雑で繊細な味わいが楽しめるという趣向だ。

(なるほど、これが上流階級の人々の、本物の贅沢というものか)

デューイはこの一皿に、深い感銘を受けた。

選び抜かれた最高の食材を、技術を凝らして調理し、贅をひけらかすことをせずにさりげなく供する。

思えば、彼の亡き友、ジョナサン・アークライトにも、この料理に通じるところがあった。

(彼も、持ち物や衣服のすべてが質素に見えて最高級品だったな。気さくだったが、振る舞いは時折ハッとするほど洗練されていた)

親友の面影を懐かしく思い出しながら前菜を食べ終えると、メイドにスッと皿を引かれる。実にスマートな給仕ぶりだ。

男爵が黙っているので、皆、静かに食事をしている。お喋《しゃべ》りが好きなハミルトンは居心地悪そうにキョロキョロしていたが、ウォルトン男爵とはさほど親しくないらしく、自分から話を切り出すことはしたくないようだ。

前菜の次は銘々の前に深皿が置かれ、そこにメイドが大きな器から銀のレードルでスープを注いで回る。色合いからして、ほうれん草のポタージュだろう。

デューイがそれを二口ほど飲んだところで、男爵夫人のエミリーが口を開いた。

「あなた。ラッセル先生がおいでになる前に、ハミルトン先生とローウェルさんに、今夜のこと……いえ、わたくしたちのアーサーのことを、お話ししておいたほうがいいのではなくて?」

五十代と見受けられるエミリー夫人は、美しい女性だった。おそらく若い頃は、とびきりの美少女だっただろう。今も、白髪交じりの金髪を上品に結い、ほっそりした身体を、ラベンダー色のドレスに包んでいる。

アクセサリーはただひとつ、瞳《ひとみ》と同じ色の大粒のサファイヤのネックレスだけだ。

今や、「毎週、女性のスカート丈が短くなる」と言われるほどファッションの変遷が目まぐるしいが、夫人のドレスは、くるぶしまである古風なデザインである。

震える手でスプーンを持ち、スープをゆっくりと口に運んでいたウォルトン男爵は、それを聞いて頷《うなず》き、ナプキンで口元を拭《ぬぐ》った。

「今夜、お二方のお力添えでこの世に再び招き寄せたいのは、ここにいるルイスの兄であり、当家の嫡子であったアーサーだ」

アルコールと温かなスープで喉《のど》が温まったのか、男爵の声は、さっきより少し聞き取りやすくなっている。

デューイは黙って聞いていたが、ハミルトンは会話ができるのが嬉《うれ》しいらしく、すぐさま相づちを打った。

「ええ、ラッセルからそれは伺っております。ご子息は勇敢にも志願して陸軍にお入りになったとか」

「志願兵として戦場に向かったとき、アーサーは十八歳でした。まだ子供でしたのに」

エミリーはナプキンの端でそっと目元を押さえる。だが男爵は、毅然《きぜん》とした態度で言った。

「十八歳といえば、立派な大人だ。アーサーは、徴兵ではなく志願兵として戦場へ赴いた。ノーブレス・オブリージュを果たし……ソンムで命を落とした」

簡潔な言葉であるがゆえに、底が見えないほど深い悲しみが伝わってきて、テーブルには重い沈黙が落ちる。

ソンムというのは、フランス北部の地名だ。先の大戦において、指折りの激戦地の一つだった。

ソンムでの戦闘では、軽機関銃や戦車といった最新の兵器が投入され、英仏連合軍も、対するドイツ軍も、膨大な戦死者を出した。

イギリスだけで、五十万人近い兵士が命を落としたと言われている。

その結果は、惨憺《さんたん》たるものだった。連合軍は、それだけの命を失いながら、たった十一キロメートル、前線を進めることができただけだったのだ。

ソンムの戦いは、もっとも虚《むな》しく、もっとも悲惨な戦闘として、国民の記憶に刻み込まれている。

「ご子息の亡骸《なきがら》は？」

思わず問いかけたデューイの声にも、痛みが滲《にじ》んでいた。

親友ジョナサンは、男爵の愛息と同様に戦場で命を奪われたし、一歩間違えば、彼の弟デリックも、同じように戦死していたかもしれないのだ。とても、他人事《ひとごと》ではない。

男爵は、溜《た》め息《いき》交じりに答えた。

「戻らなんだ。今も、彼《か》の地に眠っておることだろう。ここに戻ってきたのは、アーサーの認識票と私物のみだ。ああ、あとで勲章も届けられたがな」

「……遅まきながら、お悔やみを」

返事をする代わりに小さく頷いた男爵は、軽く咳《せ》き込んでから話を続けた。

「アーサーには、期待をかけておった。幼い頃より、次期当主にふさわしい教育を施し、心身共に健やかに育てた。学業は優秀で、人格も優れておった。そんなアーサーの姿を見るにつけ、これでわたしは当主の務めを果たせたと、安堵《あんど》したものだ。……だが、すべては水の泡だ」

「ですが、不幸中の幸いにも、男爵にはまだご次男がおられるではありませんか」

ハミルトンは励ましのつもりでそう言ったのだろうが、皆の視線をいっせいに受けて、次男のルイスはたちまち俯《うつむ》いてしまった。

十六歳という年齢のわりに、小柄で線の細い印象の少年だ。しかも、相当に内気なたちらしい。

そんな次男の様子に、男爵はあからさまに忌々しげな表情を浮かべた。

「これは当主の器ではない。長男が死んだからとて、歴史ある館《やかた》と所領を、資質なき者に継がせるわけにはいかん」

「……ッ」

客人の前で、面と向かって父親に「当主の器ではない」と酷評されたルイスの繊細そうな顔は、たちまち蒼白《そうはく》になる。

「あなた！　ルイス、気にしないでいいのよ。お父様は、最近特に、お気持ちが鬱《ふさ》いでいらっしゃるの。だからあんなことを」

エミリーは慌てて取りなそうとしたが、男爵は呼吸を僅かに乱しながら、なおも厳しい言葉を次男に投げかける。

「昔から病気ばかりして、勉強も運動もろくにできん。それどころか、人の目を見て話すことすらできん。兄が死んで少しは責任感が芽生えるかと期待しておったが、相変わらずナヨナヨとして、いっこうに成長を見せんではないか」

そんな叱責《しっせき》と罵倒《ばとう》が入り交じった父親の言葉をそれ以上聞いていられなくなったのだろう、ルイスはガタンと椅子を倒して立ち上がった。

「僕は兄さんじゃない！　兄さんと比べられても困るし、家だって継ぎたくなんかない！　当主の器でなくてよかったよ！」

甲高い涙声でそう怒鳴ると、哀れな少年はそのままダイニングルームから逃げ出してしまう。

「ルイス！」

エミリーが後を追おうとしたが、男爵はそれを「放っておけ」の一言で制止した。

夫には従順なのだろう。エミリーは美しい顔を苦痛と悲嘆に歪《ゆが》ませ、それでも静かに席に戻った。

ブラウンは、まるで最初からそこには誰もいなかったと言いたげに、涼しい顔でルイスが倒した椅子を元に戻し、食器を下げてしまう。

まだ二十歳そこそこの若いメイド二人も、家族のちょっとした修羅場を目の当たりにしたにもかかわらず、部屋の壁際に無表情で控えている。

勿論《もちろん》、あとで使用人たちの間で、このことは大いに話題になるのだろうが、それにしても、よく教育が行き届いている。

「みっともないところをお見せして申し訳ない。あれが次期当主には到底なれそうにないことは、ご理解いただけただろう」

男爵は重々しく言い、そもそも争いの種を蒔《ま》いてしまったハミルトンは、大汗を掻《か》いて「いやいやいや」と意味を成さない返事をするばかりだ。

（背負うべきものがあるというのは、厄介なものだな）

デューイの脳裏には、やはりアークライト家のことが思い出される。

聡明《そうめい》だったジョナサンのことだ、自分が戦地で命を落とせば、東洋人の妻と、その血を受け継いだ息子がどんな目に遭うか、わかっていただろう。

それを知っていながら、みすみす戦場で命を落とすのは、きっと心残りだったはずだ。

（ジョナサンは、死の瞬間に己を責めただろうか。後を託す相手がわたしでは、さぞ心許《こころもと》なかっただろうな）

そんなことを考えていると、男爵がふとデューイの名を呼んだ。

「は、はい。何でしょう」

デューイは慌ててスプーンを置き、背筋を伸ばす。すると男爵は、落ちくぼんだ茶色い瞳でデューイを凝視しながらこう切り出した。

「君は、徴兵を拒否して逮捕され、有罪判決を受けたと、新聞で読んだが」

エミリーは片手をこめかみに当て、長く嘆息した。

とてもディナーにふさわしいと思えない話題を持ち出す夫に困惑しつつも、それを窘《たしな》めうる立場ではないようだ。

ハミルトンの心配そうな視線を感じつつ、デューイは落ち着き払って肯定の返事をした。

「そのとおりです」

戦争が終わってからは、徴兵拒否について否定的なことを言われることは少なくなったが、戦時中の非難の激しさは尋常ではなかった。

投獄前は非愛国者、腰抜けと罵《ののし》られ、獄中では看守たちに、「兵士は戦場で死んでいくのに、お前たち徴兵拒否者はのうのうと安全な牢獄《ろうごく》でただ飯を食っている」と詰《なじ》られた。

それをくぐり抜けてきた彼には、もはやその程度のやりとりで怯《おび》えたり、躊躇《ためら》ったりする理由は何もないのだ。

男爵は、デューイの返事を聞いても、顔色ひとつ変えなかった。ただ一言、ボソリとこう呟《つぶや》いた。

「それはそれは。家族にとっては、さぞ不名誉なことだっただろう」

「あなた、そういうお話は、もう」

夫の失言を、男爵夫人は必死の面持ちでやめさせようとする。だがデューイは、静かに言葉を返した。

「仰《おつしや》るとおりです。両親にも弟にも、つらい思いをさせました。そのことについては、申し訳ないと思っています」

大切な跡継ぎ息子を戦場で失った男爵にとっては、徴兵を拒否してのうのうと生き延びたデューイの存在が赦《ゆる》し難くても不思議はない。

さっき、次男のルイスに対して厳しい言葉を投げかけたように、次は自分が詰られるに違いないと、デューイは心の準備をして待った。

だが男爵は、むしろ穏やかに問いかけてきた。

「弟がいるのか。弟もやはり、徴兵拒否を？」

「いえ。弟はご長男同様、志願兵としてフランスの戦場で戦いました」

長男との共通項を見出《みいだ》した男爵の目がキラリと光る。

「フランスの。やはりソンムかね？」

「いえ、弟はイープルにいたと聞いています」

「イープルか。そこもまた激戦の地であったと聞いておる。で、弟は……」

「負傷しましたが、生きて戻りました」

「負傷がもとで外科医は諦《あきら》めて、今は聖バーソロミュー病院で検死官をしておられるそうですよ」

さっきの失態を挽回《ばんかい》しようとしてか、ハミルトンが話に割って入る。いささか煩わしそうな顔つきになった男爵は、ブラウンがタイミングよく差し出したグラスの水を一口飲んでから、再び口を開いた。

「そうか。それは重畳。生きてさえおればよい。わたしもアーサーが死ぬまでは、そうは思わなんだ。国のため、異国で命を落とすことは、家の誉れと思っておった。だが、誉れが何になる。国を守って家が潰《つい》えては、どうすればよいのだ」

男爵の言葉は問いかけの形で途切れたが、答えを求めているわけではなさそうだった。そもそも、誰がそんな重い問いかけに、咄嗟《とっさ》に答えることができるだろう。

皆が口を閉ざす中、男爵は「生きておればこそだ」と呟く。

それを聞いたデューイは、躊躇《ちゅうちょ》しながらも、男爵に問いかけてみた。

「わたしはご長男のように国を守ろうとせず、徴兵を拒否して、獄中で終戦を迎えました。そのような人間の絵を、書斎に飾ってくださるのは何故でしょう。お怒りに触れ、火にくべられたとしても不思議はないと思うのですが」

すると男爵は、こともなげに答えた。

「それもまた、戦いであったであろうから」

「……はい？」

咄嗟に言葉の意味がわからず、ポカンとしてしまったデューイに、男爵は自分に言い聞かせるようにこう言った。

「戦争は、国と国とが起こすものだ。人としてどう戦うかは、それぞれ道があろう。我が息子アーサーは、兵士として戦った。わたしは息子の命と金を国に捧《ささ》げた。君が何故徴兵を拒否したかは知らんが、それもまた、君の戦いであったはずだ」

思いがけない言葉に、デューイは面食らって言葉に詰まる。

「それは……」

「わたしは、みずからの意志で進むべき道を選び、戦う人間を尊重する。次男を跡継ぎと認めぬのはそういうわけだ。あれはウジウジと内にこもるばかりで、何一つ自分の戦いをせん。それではいかんのだ」

「……はい」

曖昧《あいまい》な相づちを打つデューイから視線を逸《そ》らし、男爵は細く長い息を吐いた。

「わたしは、もう疲れたのだ。この家を守るという使命を持ってこの世に生を享《う》け、その務めを一心に果たしてきた。その結果がどうだ。戦争で、手塩に掛けて育てた長男を失い、所領の屋敷は爆撃で損壊、しかもあちらでもこのロンドンでも、徴兵された使用人たちの多くはとうとう戻ってこなかった。人手が足りないせいで手入れも修繕も追いつかず、田舎の屋敷は、今や廃墟《はいきょ》同然だ」

急激に力を失い、蚊の鳴くような声で男爵がさらけ出した心からの嘆きに、デューイもハミルトンも絶句する。

庶民である二人は、貴族階級の「家」の重みを本当の意味で理解することはない。

それでもデューイは、男爵と同じように、嫡子として家を守ることと、自分の家庭を守ること、その二つを両立しようと奮闘していたジョナサンを知っているだけに、男爵のつらい胸中を、少しは思いやることができた。

(ナットが死んだ後、サトコとケイが理不尽な目に遭ったことばかりをわたしは心に留めていたけれど、『家を守る』という観点からは、また違った光景が見えたんだろうか)

思い出されるのは、ジョナサンの母親の老いてなお厳《いか》めしい顔だ。彼女もまた、跡継ぎを失って途方に暮れつつも、家を守るために必死で戦っていたのかもしれない。

だからといって「家」の存続のために、夫を亡くした妻と、父を亡くした息子を犠牲にしていいとは思えないが、先代当主の妻たるジョナサンの母親にも、どうしても譲れないものがあったのだろう。

「人生をかけて守ろうとしたものが、戦争のせいですべて、この手からすり抜けていった。この虚しさを乗り越える気力が、今のわたしにはないのだ。今はただ、亡きアーサーに会いたい。あれの最後の言葉を聞きたい」

男爵の声が、震えを帯びる。彼の前にある、冷えきってしまった緑色のスープに、ぽたりと涙が落ちた。

「もしアーサーが現《とも》れて、励ましてくれたなら……あるいは老いぼれの干涸《ひか》らびた心にも、再び火が点るやもしれん。今のわたしには、それがただ一つの希望なのだ」

アーサーに会いたい、と、男爵は肩を震わせる。

疲れ果て、弱り切った夫の姿に、エミリー夫人はみずからも涙ぐみながら立ち上がった。

夫の傍らに立ち、丸くなった背中を、優しく手のひらで撫《な》でてやる。

ひとりスープを飲み干してしまったハミルトンは、何とも手持ち無沙汰《ぶさた》に天井を仰ぎ、デューイは、やはりケイやデリックが言うように、交霊会に参加を決めてよかったと思った。

そして……使用人たちが、次の皿を出すタイミングを計りかねている中、最後の客人の来訪を告げる呼び鈴が鳴り響いた。

＊　　＊

「いやはや、ハミルトンが交霊会にぴったりの人物を呼ぶというから、干涸らびた婆さんでも連れてくるのかと思ったら、舞台役者みたいな美男子を連れてくるとは。驚きですなあ」

そんなことを言いながら、丸テーブルの上にもっともらしい黒いクロスを広げているのは、遅れて登場したラッセル医師だ。

おそらくハミルトンと同年代のラッセルは、もともとはウォルトン男爵の所領内で開業していた村医者だったらしい。

それが、戦争で所領の館《やかた》で暮らせなくなり、ロンドンのタウンハウスを本拠地とせざるを得なかった男爵についてこちらに来て、この近くに診療所を開いたそうだ。

ハミルトンと比較すると、服のデザインも髪型ももっさりしていて、いかにも田舎紳士といった雰囲気だが、率直な物言いや飾らない人柄は、庶民のデューイには好ましい。

「美男子などと言われては、どうしていいか困惑しますよ」

「なんのなんの、事実を言われて困ることはありますまいて」

少し訛《なま》りのあるラッセルの話し方には、何とも言えない愛嬌《あいきょう》がある。

ここに来るとき、ハミルトンが車の中で、「ラッセルの診療所は、嫉妬《しっと》を覚えるほど流行《はや》っている」と言っていたが、きっとこの語り口と飾らない人柄が、患者に愛されているのだろう。

「立っていては足が痛むでしょう。お座んなさい」

ラッセルは、傍らに立っているデューイのために、椅子を引いてくれた。

特に説明したわけではないのだが、先刻、ダイニングルームからここに来るときの歩き方で、デューイの右足の状態はおおまかに把握したのだろう。

「ですが、交霊会の準備のお手伝いをしようかと思っていたのですが」

「なんの、準備というほどのことはありませんよ。いいからお座んなさい」

重ねて促され、ではとデューイは木製の椅子に腰を下ろした。クッションはないが、尻《しり》の形に添うように座面が浅く削られているので、思ったよりも座り心地は悪くない。

彼とハミルトン、デューイ、それにウォルトン男爵は、今、ダイニングルームに併設されたスモーキングルームにいる。

食事の最中に出て行ってしまった次男ルイスはついに戻らず、エミリー夫人も頭痛がするからと、デザートのプディングをパスして自室に引き取ってしまった。

後に残されたのは、大人の男ばかり四人である。

「では、わたくしはこれで」

主《あるじ》からそう命じられていたのだろう、執事のブラウンは、サイドテーブルに軽食と飲み物を用意すると退室した。

ウォルトン男爵は、ここでも暖炉の近くで車椅子に座っているし、ハミルトンはそんな男爵の向かいのロッキングチェアーに陣取り、葉巻をくゆらせている。

あんな揉《も》め事《ごと》の後、遅れて来たラッセルを除いて誰も食が進まない中、デザートのプルーンのプディングまですべてしっかり平らげたのは、ハミルトンだけだ。

今も、男爵が勧めたパナマ産の葉巻を大袈裟《おおげさ》に褒めちぎっている。

「交霊会を提案なさったのは、あなただとか。男爵とは長いお付き合いなのですか？」

デューイの質問に、ラッセルは丁寧にクロスの皺《しわ》を伸ばしながら頷《うなず》いた。

「はい、僕は今五十六歳ですが、男爵とはもう三十年来のお付き合いになりますか。父が、先代の主治医だったものでね。男爵も世襲、主治医も世襲ですわ」

「では、戦死されたというご長男のこともご存じなのですね」

ラッセルはテーブルに両手をついて、悲しげな顔で頷いた。

「勿論《もちろん》。出会った頃は気立てのいい坊ちゃんでしたし、戦地へ立つ前にお目に掛かったときには、頼もしい若者になっておいででしたよ。戦争は悲劇しか生みません。そう思いませんか。ああ、あんたにとっての悲劇はまた、なんというかこう、ちょっとばかり意味が違うんでしょうが。いや、不愉快に感じられるかもしれないな、失礼。そんなつもりはなかったのですが、ハミルトンから、あんたのことをちょっと聞いたものだから」

お喋《しゃべ》りなハミルトンは、おそらくデューイがもともと画家であったことも、徴兵拒否の罪で服役していたことも、ペラペラ喋ってしまったに違いない。

幾分決まり悪そうに言葉を濁したラッセルに、デューイは静かに微笑んで言葉を返した。

「お気になさらず。徴兵拒否をしたこと自体を恥じてはいませんが、わたしとて、戦中戦後に色々考えるところはありました。自分の行為が絶対的な正義だとは思っておりません」

ラッセルはいささか形の悪い口ひげを弄《いじ》り、渋い顔で頷いた。

「さよう、一筋縄ではいかんのが戦争ですな。何ごとも、いい悪いで白黒つけられるようなもんではない」

「仰《おっしゃ》るとおりです」

　デューイが頷くと、少し離れたところにいる男爵とハミルトンに聞こえないよう、ラッセルはデューイに顔を近づけ小声でこう言った。

「男爵は、戦争前は快活なお人だったんですよ。厳格でしたが、自信に溢《あふ》れて堂々としていてね。そりゃあもう、立派な領主様ぶりでした。それがアーサーが亡くなって以来、どうにもこうにも塞《ふさ》ぎ込んでしまって。ついに、一日の大半、車椅子で過ごすようになってしまった。僕は主治医として、責任を痛感しておるんです」

　デューイも、ヒソヒソ声で返事をする。

「ハミルトン先生から、そう聞いています。別人のように変わり果ててしまったと」

「さよう。アーサーが死んで、屋敷がドイツ軍の戦闘機に爆撃されて、使用人もたくさん戦死して。気落ちするのも無理はありませんよ。胆力も気力も失《う》せて、今、男爵が口にする希望は、『アーサーに会いたい』だけだ。命の火が消えるのを、黙って見ているわけにはいかん。藁《わら》にも縋《すが》る気持ちで、交霊会を思いついたんですよ」

　ラッセルは持参の平たい紙箱を、テーブルの上に置いた。蓋《ふた》を開け、中から取り出したのは、大きな長方形の木製の板だ。

　縁は黒く塗りつぶされ、コウモリや骸骨《がいこつ》のようなもの、それに月や星のイラストと共に、アルファベットと、一から十までの数字が印刷されている。

　いちばん上には「はい」と「いいえ」、左端には「こんにちは」、右端には「さようなら」と書いてある。

それこそが、交霊会に必須《ひっす》の器具、ウィジャボードだった。この板を使って、死者が生者にメッセージを伝えることができるとされている。

紙箱に描かれた絵がこっぴどく色褪《いろあ》せているところをみると、新品ではないようだ。

デューイは訝《いぶか》しげに訊《たず》ねた。

「これは、先生の？　先生は交霊会をおやりになったことがあるんですか？」

ラッセルは恥ずかしそうに頷く。

「これはアメリカ製のウィジャボードでね。学生の頃、友達の間で流行ったもんで、親にせがんで買って貰《もら》ったんですよ。何回か、面白半分でやったことはあります」

「……その結果は？」

「何ごともなし。ですがまあ、雰囲気を盛り上げれば、ずいぶん気持ちが昂《たか》ぶったもんですよ。その心の昂ぶりが、男爵にも訪れるといい。そして……奇跡が起きて、せめて男爵だけには、アーサーの幽霊の姿が見えればいい。万が一、アーサーの姿は見えなくても……これで」

そう言うと、ラッセルは箱に残っていたハート形の小さめの板を手に取り、ウィジャボードの上に、ハートの先端が上に来るように置いた。

「それは？」

「ブランシェットといってね、この上に皆で手を置いて待つんです。幽霊が我々の手を動かして、こいつの先端で文字を指すんですよ。その文字を繋《つな》いでいけば、幽霊からのメッセージになるってこと。つまり……まあ、これで、字を指せば、ねえ」

いっそう声をひそめて囁《ささや》くと、ラッセルは悪戯《いたずら》っぽく片目をつぶってみせた。

「……ああ！」

デューイは、思わず膝《ひざ》を打つ。

ハミルトンはどうやら知らないようだが、ラッセルは、何も奇跡だけを期待しているわけではないらしい。

交霊会というもっともらしい場を用意しておいて、たとえ幽霊のおとないがなくても、ブランシェットに置いた手を作為的に動かすことによって、死者からのメッセージを捏《ねっ》造《ぞう》する心づもりなのだ。

「しーっ、これはあんたと僕の間だけのことに。騙《だま》すのは心苦しいが、男爵を力づけるためだ。ルイスが跡を継ぐまで、男爵には頑張ってもらわにゃ」

「わかっています。ですが、上手《うま》くことが運ぶでしょうか」

「それなんだがねえ、ローウェルさん」

ますますデューイに顔を近づけ、ラッセルはデューイの耳元で言った。

「僕に注意が向かんように、交霊会の進行役をあんたに任せたい。なに、難しいことは何もない。今から教えよう。頼めますかね？」

デューイはいささか閉口しつつも、頷いた。ここに来てしまった以上、最善の結果を出せるよう、できることは何でもやるべきだろう。

「わたしがお引き受けすることで、先生の『計画』が実行しやすいと仰るなら、喜んで」

デューイの快諾に、ラッセルは「そうこなくっちゃ」とほくそ笑み、交霊会の式次第について、簡潔な説明を始めた。

灯《あか》りを落とした部屋の中で、テーブルの上の燭台《しょくだい》に灯《とも》されたただ一本の蠟燭《ろうそく》の火が、頼りなく揺れている。

四人の男たちは、丸いテーブルを囲んで着席した。テーブルの上には、くだんのウィジャボードが置かれ、蠟燭の光でぼんやりと盤面が照らされている。

閉めた扉の向こうからは、玄関ホールにある柱時計が時を告げるチャイムが聞こえてきた。

きっかり九回鳴って、時計は沈黙する。午後九時だ。

「では、始めようではないか」

重々しいウォルトン男爵の一声で、交霊会が始まった。

即席の「司会役」を言いつかったデューイは、できるだけ感情を交えない厳かな調子で宣言した。

「これより、ウォルトン男爵の愛息にして、一九一六年七月一日、フランスのソンムにて戦死されたアーサー・バーソロミュー・ウォルトン氏のさまよえる魂を、この場にお招きしたいと存じます。まずは、故人のゆかりの品をここに」

「……こちらを」

ラッセルが恭しくデューイに差し出したのは、小さな金属製の、ビスケット缶だった。

戦地から本人の亡骸《なきがら》の代わりに帰ってきた、細々した私物を入れた缶である。

その上には、生き延びた兵士仲間がかろうじて持ち帰った、金属製の認識票がある。

そこには、アーサーの名がくっきりと刻まれていた。

それらを蠟燭の傍にそっと置き、デューイはブランシェットをウィジャボードの中央に置いた。

「では皆様、ブランシェットの上に手をお置きください」

そう言ったデューイが真っ先にブランシェットの上に人差し指、中指、薬指の先端を載せた。他の三人も、それに倣う。

「決して故意に動かそうとはなさらぬよう。では、ゆかりの品を寄る辺に、故人の魂がここにたどり着くよう、皆様、一心に願い、祈り、呼びましょう。アーサー・バーソロミュー・ウォルトン、どうぞここに、あなたの愛する父親のもとへ戻りたまえ」

「戻りたまえ」

皆が、静かに唱和する。デューイは、静かにもう一つの望みを口にした。

「この場に現れ、口にすることが叶《かな》わなかった、お父上への遺言を聞かせたまえ」

「聞かせたまえ」

また、三人の声が綺麗《きれい》に重なる。

ラッセルに指導された口上は、それだけだ。

必要だと感じたら、何度か同じフレーズを繰り返せと言われているが、しばらくは時間をおくべきだろう。

デューイが黙ると、室内に沈黙が落ちる。

暗闇と、蠟燭の温かだが頼りない光と、雰囲気たっぷりのウィジャボードと、不自然なまでの静けさ。

互いの息づかいが、やけに生々しく鼓膜を震わせる。

視覚が暗さのせいで幾分制限されているので、他の感覚が研ぎ澄まされるのだろうか。

ブランシェットの木肌の手触りや、どうしても触れてしまう他人の指先の温度までが、やけにハッキリと感じられる。

皆の呼吸がほんの少し速くて、全員が少なからず緊張していることがわかる。

無論、デューイも例外ではない。

最初、自分ひとりが白けてしまったらどうしようとデューイはいささか怯《おび》えていたのだが、やはりこういう催しは、雰囲気作り、特に周囲を闇に包み、何かひとつを明るく照らすことが重要かつ効果的なのかもしれない。

デューイは、僅《わず》かに照らされた他の皆の顔をチラチラとみた。

ハミルトンは早くも飽き始めた顔つきだが、男爵は極めて真剣だ。瞬《まばた》きすら忘れたように、カッと目を見開いてブランシェットを見つめている。

ラッセルは、デューイに素早く目配せをした。おそらく、もう一度繰り返せという合図だろう。

そう判断して、デューイは再び、呪文のように「戻りたまえ、聞かせたまえ」のフレーズを繰り返した。三人も再び唱和し、ひたすらにアーサーの幽霊の訪れを待つ。

暗闇のせいで、いったいどれだけ時間が経過したのか、よくわからない。

しかし、皆が徐々に焦《じ》れてきたのが気配で感じられ、デューイは軽く切迫感を覚える。

ただ置いているだけなのに、ブランシェットに載せた指先が、妙にムズムズし始めた。

猛烈にブランシェットから手を離し、肩を回したいような衝動にかられる。

「何故、戻ってこん。これほどまでにお前との再会を切望しているこの父の元に、何故、戻ってこんのだ、アーサー」

男爵の悲痛な声が、静まり返った室内に切々と響いた。蠟燭の炎が、男爵のやつれきった顔に複雑な陰影を落としている。

(これは……もう、「作戦」を実行するしか)

デューイは、ラッセルの顔を訴えるように見た。デューイだけにわかる微《かす》かな笑みを浮かべ、ラッセルはウィジャボードに視線を落とす。

次の瞬間、ハミルトンと男爵が息を呑《の》んだ。

ウィジャボードの上で、ブランシェットがゆっくりと動き始めたのである。

無論、動かしているのはラッセルだ。

彼は主治医として、ウォルトン男爵を力づけるため、一世一代の芝居を打とうとしているのだ。

ラッセルの顔は酷《ひど》く力んでいて、これではばれてしまうのではないかとデューイは気を揉《も》んだが、何も知らなければ、驚いているのだと解釈できないこともないだろう。

ブランシェットは、「こんにちは」と書かれた場所でピタリと止まる。おお、と、男爵が声を震わせた。

「アーサー、お前なのか？ 本当に、我が息子のアーサーなのか？」

男爵の嗚咽《おえつ》に似た問いかけに応じて、再びブランシェットは動き、「はい」のところで止まる。

ハミルトンが、呆然《ぼうぜん》とした顔で「嘘だろう……」と呟《つぶや》くのを無視して、男爵は車椅子で可能な限り、グッと身を乗り出す。その声には、これまでなかった熱が籠《こ》もり始めた。

「アーサー！ ああ、帰ってきてくれたのか。わたしは、お前と話したかった。お前の最後の言葉を聞き、お前に言わねばならないことがあるのだ。わたしは……」

男爵の言葉は質問ではなかったが、ブランシェットはまた動き出す。

（ラッセル先生、少し早まりすぎなのでは）

デューイはそんな気持ちを視線で伝えようとしてラッセルの顔を見て、ギョッとした。

さっきまでの、秘密の作戦を実行する子供のような表情が、ラッセルの肉付きのいい顔から拭《ぬぐ》ったように消えていた。

代わりにそこにあったのは、驚き……いや、恐怖だろうか。

ラッセルは、カッと目を見開いている。

(ラッセル先生……？　いったい、どうなさったのか)

デューイの戸惑いなどには関係なく、ブランシェットは動き続ける。

今度は、アルファベットが印刷されたエリアに滑って行き、字を一つずつ、示し始めた。

「アーサー、これがお前の言葉なのか？　皆、文字を追ってくれ。わたしは涙で目がよく見えん」

そう言う男爵の目から、本当に涙がこぼれ落ちる。

「僕が読み上げましょう！」

ようやく驚愕《きょうがく》から立ち直り、この異常事態に興味津々になったハミルトンがグッと盤に顔を近づけ、慎重にブランシェットが綴《つづ》る言葉を読み上げる。

「ぼく　は　あなた　に……ころ……ころ、された⁉」

最初は明らかにワクワクしていたハミルトンの声が、予想外の言葉に上擦る。

喜びに輝いていた男爵の顔が、中途半端な笑顔のままで凍りついた。

息子の幽霊が言う「あなた」は、おそらく自分のことだと気付いたのだろう。言葉を発することもできず、男爵は酸欠の魚のように口をパクパクさせるばかりだ。

デューイは、愕然としてラッセルを凝視する。

(ラッセル先生、いったい何を)

長年の知己であり、患者であるウォルトン男爵を力づけ、生きる気力を取り戻させることが目的の交霊会だというのに、この衝撃的なメッセージは、いったい何なのだ。

だが、ラッセルの顔には、恐慌めいた表情が浮かんでいた。両目はカッと見開かれ、頬がピクピクと痙攣《けいれん》している。

動き続けるブランシェットの上で、ラッセルの指までもが、細かく震えていた。

(様子がおかしい。……まさか、今、ブランシェットを動かしているのは、ラッセル先生ではないのか?)

狼狽《ろうばい》したデューイの視線は、男爵とハミルトンの顔、そしてブランシェットを忙《せわ》しく行き来する。

誓ってブランシェットを動かしているのは自分ではないので、もし、今、ブランシェットを動かしているのがラッセルでないなら、ウォルトン男爵かハミルトンということになる。

だが、両者とも、明らかに驚き、戦《おのの》いた顔つきだ。

となると、三人のうち、誰かが演技をしているということになるのだろうか。

(いや、しかし芝居をする必要がある人間が、この三人の中にいるんだろうか。思い当たらない。いや、それとも本当に、アーサーの幽霊が……?)

はたと、本物の幽霊がこの場に現れ、ラッセルから引き継ぐようにブランシェットを動かしているのだとしたら……という可能性に思考が至り、デューイの顔もこわばり始める。

（まさか、そんなことがあるはずが）

だが、実際問題、目の前でブランシェットは言葉を紡ぎ続けているのである。

ハミルトンは、全身をブルブル震わせながら、それでも律儀に「幽霊」のメッセージを伝え続ける。

「ぼくの　すべて　を　うばったこと　ゆるせ　ない　……おい、何だこりゃ」

あまりにも物騒な恨みのメッセージに、ハミルトンの狼狽の呟きが続く。

「アーサー……おまえは、わたし、を恨んでおるのか」

男爵の口から吐き出される切れ切れの言葉は、酷く戦慄《わなな》いていた。

だが、その質問には答えず、ブランシェットは、短い単語一つを綴り、ピタリと止まった。

その単語を、巧まずして男爵以外の三人が同時に口にする。

「D・E・T・E・S・T《心の底から憎む》」

その瞬間、デューイの背後からさあっと冷たい風が吹き込み、蠟燭《ろうそく》の炎が消えた。

あっという間に、室内は真っ暗闇になる。

「うわあっ!?」

ハミルトンの悲鳴が聞こえ、ブランシェットが宙に舞う。

自分も咄嗟《とっさ》にブランシェットから手を離してしまったデューイは、半ば無意識にテーブルに手を這《は》わせた。暗闇の中で、何か確かなものに触れていたいという、衝動的な行動だった。

その手が冷たいものに触れたと思うと、それがテーブルから落ち、床に当たって耳障りな音を立てる。

「しまった！」

いくら非常事態とはいえ、わざわざ戦地から送り返された故人の私物入れを落としてしまったらしいと気づき、デューイは動揺した。

椅子から立ち上がり、床に這いつくばって、手探りで落ちたものをかき集めようとする。

指先が何か柔らかいものに触れ、それを握った瞬間に、すぐ近くでガシャーンとけたたましい音がした。

何か重い物が倒れたような音だ。

それとほぼ同時に、呻《うめ》き声が聞こえた。そして、密《ひそ》やかな足音も。

(何が起こっているんだ?)

「おい、おい、何がどうした？　皆、声を出してくれ。無事かね？」

ハミルトンの悲鳴に似た声に、デューイはハッと我に返った。

「わたしは無事です。ラッセル先生？　男爵？」

床に座り込んだままのデューイの呼びかけに、すぐ近くからラッセルの声が応《こた》えた。

「僕も……僕も無事だ。男爵は？　誰か、灯《あか》りを！」

「誰か！」

ハミルトンも大声を張り上げる。二階から階段を駆け下りてくる足音がして、ガチャリと扉が開いた。

ランプを手に入ってきたのは、寝間着にガウンをバサリと羽織っただけの執事、ブラウンである。

もう就寝していたらしく、あの見事にセットされていた髪が、無残に乱れている。

「皆様、これはいったい」

「いいから、早く灯りをつけてくれ！　早く」

「かしこまりましたっ」

さすがこの家の構造を知り尽くした執事だけあって、ブラウンはものの数秒で照明のスイッチを入れた。

さっきまでの濃い闇が嘘のように、室内がパッと明るくなる。

眩《まぶ》しさに耐えかねて、デューイは両手で目元を覆った。その耳に、ブラウンの悲鳴が聞こえる。

「旦那《だんな》様ッ！」

「えっ？」

慌てて手を離し、目を細めて周囲を見回したデューイの喉《のど》が、ヒュッと鳴った。

彼の目の前で、ウォルトン男爵の車椅子が横倒しになっている。

さっきの大きな物音は、車椅子が転倒し、床に激突した音だったらしい。

そして、男爵の痩軀《そうく》が、力なく床に横たわっていた。仰向《あおむ》けで、グッタリと手足を投げ出し、ピクリとも動かない。

「男爵！」

パニックに陥っていたハミルトンとラッセルも、男爵の異状に気づくと、途端に医師の顔になってほぼ同時に駆け寄った。

それぞれが呼吸を確かめ、脈を取り、そして顔を見合わせる。

「先生がた、旦那様は……」

おそるおそるのブラウンの問いに、二人の医師は半ば放心した顔つきで、同時に首を横に振る。

「まさか、そんな……」

ブラウンは、突然の主人の死を受け止められない様子で、一歩後ずさる。

デューイは、室内を見回した。

庭に面した掃き出し窓が開け放たれ、カーテンが閃《ひらめ》いている。

さっき吹いた風は、窓から吹き込んだものだったのだ。

(何故、窓が……。いや、それより)

恐ろしかったが、彼は視線を男爵に戻した。

「暗闇に驚いて、不幸にも車椅子が転倒したということだろうか」

「そう考えるのが妥当だろうね。しかし、いくら衰弱しているといっても、それで即死するとは思われんよ、ラッセル」

「ショックで心臓発作でも起こしたのではないか？」

「考えうるが……断定はできんな」

男爵の遺体を床に横たえ、二人の医師は男爵の死因について早くも推測を始めていた。

デューイは、手に持っていたものをひとまず上着のポケットに入れ、両手で身体を支えながら、どうにか立ち上がった。そして、二人に声を掛ける。

「お二方が死因を決定する必要はないと思います。これは……警察を呼ぶべき変死事件です」

ラッセルは、デューイの言葉に目を剝《む》いた。

「まさか、あんた。変死って、そんな。ついさっきまで、僕らの目の前で男爵は生きておったろうが。変死はあまりにも酷《ひど》い」

だが、デューイは冷静に言い返した。

「いいえ、実際、男爵が亡くなるところを、わたしたちは誰も目撃していません。警察を呼ばねば」

そして彼は、カカシのように突っ立ったままのブラウンに、やや強い口調で呼びかけた。

「とりあえず、こういうときに呼ぶべき人間の居場所を知っています。電話を使わせてください」

「あ……は、はい、かしこまりました。こちらでございます」

まだ取り乱したままではあるが、ブラウンは慌ただしくガウンの紐《ひも》を結びつつ、デューイを部屋の外へと誘《いざな》う。

杖《つえ》がないので酷く歩行が不安定だが、そんなことを言っている場合ではない。

（また君に迷惑をかけてしまうな、エミール）

自宅でケイと留守番をしてくれている幼なじみに心の中で詫《わ》び、デューイは痛む右足を引きずりながら、ブラウンを追いかけて廊下に出た……。

四章　予期せぬ来客たち

それから三日後、月曜日の午後一時過ぎ。

ローウェル骨董《こっとう》店の扉は固く閉ざされ、「本日臨時休業」という札が掛かっている。

そして二階の居間には、スコットランドヤードのジョージ・ベントリー主任警部と部下のエミール・ドレイパー、そしてデューイの弟にして検死官のデリック・ローウェルが顔を揃えていた。

ダイニングテーブルに着席したそれぞれの前には、紅茶のカップと、エミールがここに来る途中に買ってきた昼食がある。

エミールとしては大好物のウナギのゼリー寄せをチョイスしたかったのだが、皆から大ひんしゅくを買いそうなので自重し、しっかりした生地でジャガイモと牛のくず肉、それに蕪の角切りを包んで焼き上げた「コーニッシュ・パスティ」にした。

コーンウォール地方の炭坑夫が、汚れた手でも食べられるように成形された、ラグビーボールのような形のパイの一種である。

炭坑夫たちは、生地のとじ目の部分を持ち手代わりにして食べたそうだが、ここはロンドンなので、ナイフとフォークでザクザクと分厚い生地を切りながら、ベントリーは切り出した。

「改めて、仕事の邪魔をして済まんね、ローウェルさん。週末だけで事情聴取を終えるつもりだったんだが、どうも情報が錯綜《さくそう》していてね。あんたの話をまた聞きたいんだ」

「それでわざわざご足労いただいたわけですか。あんなに長時間、人に喋《しゃべ》らせてまだ聞き足りないとは、熱心な捜査、恐れ入ります」

口調は穏やかで慇懃《いんぎん》だが、デューイが選んだ言葉は、完璧《かんぺき》なるイヤミだ。

「ちょ、ちょっとデューイ。君、あれこれ溜《た》め込んで一度にまとめて怒る癖、昔から変わらないけど、そろそろやめたほうがいいよ」

「わたしは別に怒ってはいないよ」

「嘘だよ。そりゃ、普通の人なら軽い腹立ちレベルだけど、君は普段、凄《すご》く穏やかだから、今のは大概怒ってるじゃないか」

普段は温厚な友人のあからさまに険のある態度を、エミールは焦った様子で窘《たしな》めようとする。だが、デューイが腹を立てるのも無理はない。

この二日あまり、彼はあまりにも長く、警察に時間を奪われ続けてきた。

交霊会の真っ最中に、屋敷の主《あるじ》であるウォルトン男爵が急死したのは、三日前の夜のことだ。

外から吹き込んだ風で唯一の灯りであった蠟燭《ろうそく》の火が消え、室内が闇に閉ざされた僅《わず》かな時間に、彼が座っていた車椅子が転倒したのだ。

その場に居あわせたラッセルとハミルトンという二人の医師がウォルトンの死亡を確認した時点で、デューイは咄嗟《とっさ》に、現場を保存しなくてはならないと考えた。

幼なじみのエミールがスコットランドヤードの刑事なので、彼がよく言う、「現場の保存と僕らの初動捜査、それが上手《うま》く嚙《か》み合うと、事件は早く解決するんだ」という言葉が、無意識に胸に刻まれていたからだ。

だからこそ、彼はパニック状態の二人の医師を落ちつかせ、それ以上死体に触れないように指示した。そして、自宅で彼の養い子であるケイの相手をしてくれていたエミールに電話で事情を告げた。

それ以来、彼は通報者かつ変死事件の関係者として、二日にわたり事情聴取に応じてきたのである。

ケイをエミールの両親に預け、週末のほとんどの時間をスコットランドヤードの薄暗い取調室で過ごす羽目になった彼が、そろそろ事件から解放されたいと願うのも、道理であった。

そんなことは承知の上で、ベントリーはもりもりとパスティを平らげながら、しれっとしてこう言った。

「ヤードでは形式上、刑事と重要参考人って立場で喋るしかなかったがね、ローウェルさん。正直、あんたが男爵を殺す理由は何もない。そもそも、男爵が死亡した日の夜まで、あんたと男爵には何の接点もなかったんだからな。実は、はなから容疑者から外してあるんだ。俺の刑事の勘も、あんたは違うと言っていることだし」

「……それはどうも」

当然だろうと言いたげな顔で、デューイは頷《うなず》く。

「それに、あんたを捜査に巻き込みたい思惑も出てきた。ただ、部外者をヤードに入れるわけにはいかん。だから、俺たちが来た。あんたの弟さんも一緒ってのは、そういうことだよ。ここで、捜査会議を開きたい」

不可解な風向きに、デューイは形のいい眉《まゆ》をひそめ、迷惑がっていることを隠そうともせず、ツケツケと言った。

「わたしを、捜査に巻き込むですって？　わたしはただの骨董商ですよ。店の二階で捜査会議などと、迷惑極まりない」

そこで助け船を出したのは、弟のデリックだった。薄味のパスティに顔をしかめ、ウスターシャーソースを盛大に振りかけながら、彼は軽い調子で言った。

「そう言うなよ、兄貴。どうせ暇な店じゃねえか。一日休業したくらいで、大損するわけじゃねえだろ？」

「それは否定しないが、お前に言われると実に腹立たしいね」

「まあまあ。考えてもみろよ。事件現場に居あわせた人間の中で、ウォルトン男爵と無関係なのは兄貴だけなんだぜ？　警察にとっちゃ、願ってもない協力者だ。刑事の友達で検死官の兄貴だからこそ、気づけることも、あるかもしれねえだろ。警察への協力は市民の義務だし、ましてや今回は、エミールのためでもある」

「そうそう、頼むよ」

エミールも、子供の頃からの癖で、上目遣いに訴えてくる。

弟と親友にそう言われては、いくら自分の憤りが正当なものだと思っていても、人一倍理性的なデューイには、それ以上子供のような態度を取り続けるわけにはいかない。

「……まあ、ケイが学校から帰るまでに切り上げてくださるなら、可能な範囲での協力は惜しみません。ですが、わたしがどんな風にお役に立てると？」

するとベントリーは、ニヤッと笑って大きく切ったパスティを口に運んだ。もぐもぐと咀嚼《そしゃく》しながら、器用に喋る。

「あんたは一般人だし事件関係者だから、ヤードじゃ、事件については何もバラせなかっただろ。書記役の警察官もいたことだしな。だが、あんたを信用して、捜査でわかったことを話す。その上で、さらに思い出してほしいことを訊《き》く。それでいいか？」

「ええ、どうぞ」

「じゃあまあ、お互い食いながら話そう。まず、男爵の死因のことだ」

あまり食欲がないのか、デューイはカトラリーを手にしようとせず、ベントリーの苦み走った顔を見た。

「我々は早々にスモーキングルームから追い出されましたし、その後、警察官がたくさん来ました。翌朝からの事情聴取があれほど念入りだったので、ただの病死ではないかもしれないと踏んでいました。しかも今、弟が『事件現場』と口走りましたしね」

おっと、とデリックは遅まきながら口元を手で押さえておどけ、ベントリーは笑みを深くする。

「さすが、検死官の兄貴ともなりゃ、鋭いね。そのとおりだ。男爵は毛織りのガウンを着込んでいたから胸元が見えなかっただろうし、仰向《あおむ》けに寝かされていたから、血も床に零《こぼ》れなかった」

「血？」

眉をひそめるデューイに、デリックは検死官の顔になって告げる。

「男爵は、転倒のショックで死んだんじゃねえ。死因は、心臓刺創。つまり、刃物で心臓をひと刺しって奴だ。傷口が小さく深いから、たぶん、極細の短剣だろうな。ペーパーナイフが、いちばん考えやすい」

事件性を漠然と疑っていたデューイも、そこまでの事態は予想していなかったらしい。驚いた顔で、弟を見る。

「それは……本当なのかい？　わたしは医学はさっぱりだが、そんなに細いもので刺されただけで、人はあんなにすぐ死ぬものなのか？」

「おっ。いい質問だな、兄貴。さすが、ベントリー主任警部どのが、捜査に巻き込みたいと思うはずだぜ」

「人前で、兄をおだてる弟がいるか。いいから、説明してくれ」

了解ですとやけに堂に入った敬礼をしてみせてから、デリックは医師の顔に戻って口を開いた。

「男爵の死因は、失血じゃない。『心タンポナーデ』だ」

「しん、たんぽなーで？　待ってよ、デリック。僕たちも、それ聞いてない」

メモを取ろうとたどたどしい口調で復唱したエミールは、不満げにデリックに抗議する。デリックは、気障《きざ》なポーズで肩を竦《すく》めた。

「だから、今言ってんだろ。俺も、実例は初めて見たんでね。昨夜、ちょいと調べたんだ。だからようやく今、確信を持って話せる」

「そういうことか。じゃあ、いいけど。あとでちゃんと報告書を訂正して出してよ？」

「わかってるって。……いいか、心タンポナーデってのは、あの人と同じ死因だ。ほら、あの絶世の美女。オーストリア皇太子妃の……」

「エリザベート妃のことかい？」

兄の手助けにウインクで感謝して、デリックは話を続ける。

「それそれ。あの人も刺されてすぐ死んだだろ。そういうもんなんだ。いいか、心臓ってのは、実は袋詰めになってる。たとえるなら、小さな袋の中に、リンゴを入れたような感じだ。心臓は大事な臓器だから、袋はとてつもなく頑丈な線維で出来ていて、伸び縮みはしない」

ベントリーは、興味をそそられた様子で軽く身を乗り出す。

「そういや、解剖を見物……あ、いや見学したとき、そんなだった気がするな。その袋がどうした？」

「その袋と心臓の間には、普段、ほんのちょっぴり……それこそ小さじ半分にも満たないような透明の液体が入ってるだけで、あとは空気が詰まってる。ところが……そこに細い刃物がブッ刺さってひき抜かれ、心臓に穴が空くと……」

刃物の代わりに、デリックは自分の手のひらにフォークの先を押し当てる。

「心臓の穴からは、拍動のたびに血液が噴き出す。心臓ってのは、指先つま先まで血液を送り出すわけだから、とんでもねえ勢いで血液を押し出してるんだ。だから、心臓からの出血ってのは、たとえ傷口が小さくても、驚くような量になる」

デューイは小さく頷く。

「なるほど。それはなかなかわかりやすい説明だ。それで？」

「心タンポナーデのタンポナーデってのは、人の体内にある空間に、何かをぎゅぎゅっと詰め込むことを言うんだ。この場合は、袋と心臓の間っていう空間に、心臓から噴き出した血液を詰め込むわけだよ」

「あれっ、だけど、デリック。外から刺されたってことは、心臓を入れておく袋にも穴が空いてるはずだろ？　血液が漏れるから、袋の中に血液がパンパンに詰まるってことはなくない？」

不思議そうなエミールに、デリックは指をパチリと鳴らす。

「それもいい質問だ、エミール！　なかなか賢いな」

「僕は君より年上なんですけど！」

「そうだった。……まあそりゃともかく、身体の隙間には、脂肪を含んだ結合組織って奴がある。まあ、梱包材《こんぽう》みたいなもんだよ。それが、心臓の外袋の穴をピタッと塞《ふさ》いじまうんだな。だから、袋からは血が漏れなくなる。となると、拍動するたびに心臓から血が噴き出し、外袋が血液でパンパンになると……こうだ」

デリックは、食べかけのパスティを両手で外から包み込む。

「袋に充満した血液が、心臓を外から押さえ込んで、動けなくする。つまり、力尽《ちからず》くで拍動を止めちまうわけだ。心臓が止まれば、人は死ぬ。それが心タンポナーデで死に至る機序ってわけだ」

エミールは、なおもよくわからないと言いたげな顔でデリックに質問する。

「それって、そんなに短時間に進行するものなの？」

医学的な質問については、デリックの返答に惑いはない。

「心臓のどこに刺さったかによって、死に至るまでの時間は変わってくる。心臓には四つの部屋があるが、男爵の場合、刃物は左心室を貫いていた。左心室ってのは、まさに全身に向かって血液を押し出す部屋だ。つまり、そこに穴が空けば、他の部屋とは比べものにならない圧で血が噴き出す。死亡までの時間的猶予は、限りなく短いってわけだ」

「なるほど……」

「それに加えて、車椅子の転倒で動揺して、心拍が速くなってたはずだ。余計に出血は著しくなる。おまけに男爵はかなりの衰弱状態にあった。踏ん張りがきかねえ状態だ。たとえすぐに事態に気付いて処置できても、救命できる可能性はほとんどなかったと思うぜ」

「わかった。現場に居あわせた医師二人にも、落ち度はないってことだね」

「あくまでも、救命措置に関してはな」

弟の説明を熱心に聞いていたデューイは、出過ぎた質問だと自覚しつつも、つい声を上げた。

「それで、男爵は結局、誰かに殺害されたのかい？　自殺や事故ではなく？」

デリックは、フォークで自分の左胸を刺すアクションをしながら答えた。

「まあ、凶器を胸に当てた状態で車椅子を転倒させれば自殺も可能かもしれんが、不確実が過ぎる。自殺したいなら、もっといい手段がいくらもあるだろうよ。それに、凶器が彼の周囲にはなかった。手ぶらじゃ、胸は刺せねえだろ。自殺の可能性はないと考えてる」

デリックの説明に、ベントリーも見解を添える。

「事故の可能性についても、男爵の周囲に刺さりそうなもんが見当たらなかったからな。俺は否定的だ」

「では、他殺というわけですか。今のデリックの説明からして、凶器は胸に刺さったままではなく、抜けていたということですよね。それは見つかったんですか？」

「いや。ペーパーナイフは男爵の書斎にも一本あったが、幅が広い奴でな。傷口には合わなかった」

「なるほど。つまり、犯人がみずから持ち込み、持ち去ったと」

「と、僕たちは考えてるんだ。それでね、もう一度、確認したいことがある」

エミールが話を引き継ぎ、刑事らしからぬ柔らかな口調でデューイに問いかけた。

「交霊会なんだけど、君を含めて四人の男性が丸テーブルを囲んでいて、ウィジャボードでいえば、上側に君、下側に男爵。そして、男爵から見て右にラッセル、左にハミルトン。これで合ってるよね？　四人は等間隔に座ってた？」

デューイは即座に頷《うなず》いた。

「ほとんど等間隔だね。小さなテーブルだったから、さほど距離は開いていない」

「わかった。そして四人は、……ええと、何だっけ」

「ブランシェット」

「ああ、それそれ。それに手を……それぞれ、人差し指、中指、薬指の先端を載せていた。これもオッケーだね。どちらの手かは決まっていた？」

「皆、右手だったと思うけれど」

「ってことは、少なくとも灯《あか》りが消えるまでは、全員、右手はそこにあったわけだ。灯りが消えた後はどう？」

デューイは天井を仰いで記憶を辿《たど》ってから、確信を持って答える。

「灯りが消えた瞬間、ブランシェットがどこかへ飛んでいったよ。みんな慌てたから、誰かの手が当たったんだろう。単なる薄い板だからね」

「ふむふむ」

エミールは愛用の手帳にせっせとメモを取りながら、律儀に相づちを打つ。

ベントリーは、生地のとじ目の硬いところを残してパスティを食べ終え、胸ポケットから煙草入れを取り出しながら言った。

「で、そのブランシェットとウィジャボードを使った交霊会のことだが……こりゃ週末に、あんたとハミルトン、ラッセルの三人に別々に事情聴取した結果が、一部はバッチリ合い、一部が食い違ってんだ。そこんとこをハッキリさせたくてな」

ケイがいないので、喫煙を咎《とが》める理由は特にない。デューイは、マッチの入った灰皿をベントリーのほうへ押しやって、訝《いぶか》しげに問いかけた。

「食い違っていることがある？　どこです？」

「あんたが呪文を唱えて、皆が復唱して、男爵の死んだ長男、アーサーの幽霊をみんなで待った。そして、幽霊の姿こそ見えなかったが、ブランシェットが動き出した。そこまではバッチリ合ってる。だが、そこからがちょっくら違うんだよ」

ベントリーは煙草に火を点《つ》け、煙を深く吸い込んで、満足げな笑みを浮かべた。彼が細く吐き出す煙を見ながら、デューイは難しい顔でベントリーが話を再開するのを待つ。

「あんたは、最初にブランシェットを動かしていたのは、ラッセルだと思ったと言った。事前の会話でその心づもりがあったようだし、目配せをし合った直後、ブランシェットが動き始めたからと。一方、ハミルトンは、ブランシェットが動き出したとき、ひたすらたまげたと言っていた。ラッセルは、もしアーサーの幽霊が訪れなければ自分が一芝居打つつもりだったが、そうしなくてもブランシェットが動き出したので、ホッとしたと言っている」

「ハミルトン先生が驚いておられたのは事実です。男爵も同様でした。けれどラッセル先生は……いえ、確かに、彼がブランシェットを動かしていたという証拠はありません。あくまでも、わたしの印象です」

「ふむ。男爵が『アーサー、お前なのか』と訊《たず》ねると、ブランシェットは肯定したんだよな？」

「はい。そこから、ブランシェットはどんどん物騒なメッセージを伝え始めました。その頃にはもう、ラッセル先生は恐怖にかられたような表情になっていて……」

エミールは、カリカリと勤勉にペンを走らせ、同時に口も動かした。

「その『幽霊』は、『僕はあなたに殺された』って言ったんだよね。『僕のすべてを奪ったこと、許せない』とも。そして、蠟燭《ろうそく》の火が消える寸前に、『心の底から憎む』と」

デューイは、沈痛な面持ちで頷く。

「そう。メッセージはハミルトン先生が代表して読み上げていたけれど、僕ら全員が、一文字ずつ追っていたから、間違いはないよ」

「うん、そこは三人ピッタリ一致。で、そのメッセージの直後、急に風が吹き込んできて、蠟燭の火が消えた。問題はその後なんだよねえ。供述が三人三様で」

デリックは、顰《しか》めっ面《つら》で混ぜっ返す。

「そりゃ、急に真っ暗闇になりゃ、慌てるだろう。三人がバラバラのことをしても当たり前じゃねえの？」

エミールは、そばかすの浮いた頬を子供のように膨らませ、青い目でデリックを軽く睨《にら》む。

「そりゃそうだけど！　できるだけ摺《す》り合わせないと、捜査の進めようがないだろ。変なところで口を挟まないでおくれよ」

デリックはニヤニヤして両手を挙げ、降参してみせる。エミールは、まだ憤慨を童顔に残したまま、デューイに向き直った。

「蠟燭の火が消えてから、ハミルトンは、とにかくビックリしてしまって、何が何だかわからなくなったって言ってる。椅子に座ったまま、何かが落ちて散らばったような音と、重い物が倒れたような音を聞いた気がするけど、それだけしか覚えてないって。ラッセルも似たような感じ。驚いて思わず立ち上がったけど、真っ暗だから怖くて、ろくに動けなかったって。音に関しては、ハミルトンと同じ。そしてデューイ、君は……」

デューイは、少し決まり悪そうに頷いた。

「物が落ちて散らばったような音は、間違いなくわたしのせいだ。咄嗟《とっさ》にテーブルに触れて、アーサーの私物が入っていた缶に手が当たり、落としてしまった。それを拾い集めようとしているときに、お二方と同じ、重いものが倒れたような音を聞いた。きっと、それが男爵の車椅子が横転した音だったんだろう。その後、溜《た》め息《いき》のような微《かす》かな呻《うめ》き声と、とても静かな足音を聞いたように思う」

「呻き声と足音は、他の二人は聞いてないよ？」

「わたしは、落とした物を拾い集めようと床に這《は》いつくばっていたからね。足音が聞こえやすかったんだろう。呻き声は……それが男爵の断末魔の声だとしたら、やはり床に近い場所にいたわたしだけに聞き取れても不思議はないと思う」

「なるほどね。誰の足音か、わかるかい？」

「それは無理だよ、エミール。ただ……」

デューイは、答えようとしてふと躊躇《ためら》う。エミールは、そんな幼なじみを力づけようと、明るい声で催促した。

「確信がなくてもいいよ、思ったことを教えて」

「それなら言うけれど……今思えば、少し遠かったのかもしれない」

「遠い？」

「闇の中だから、遠近感が摑《つか》めないだろう。微かな足音だったから、近くで抜き足差し足をしているのかと思ったが、あるいは遠くを歩く誰かの足音だった可能性もあるんじゃないだろうか」

「それって、誰？　ハミルトンもラッセルも、供述によればほとんど移動してないよ。そもそも、暗闇の中じゃ、うろつくのは難しいだろうし」

「そう言われても、見当もつかないね」

「うーん。そりゃそうだよね」

エミールは困り顔でペンを手の中で弄《もてあそ》ぶ。デューイは、逆にエミールに質問してみた。

「窓が突然開いたことについては、警察はどう考えているんだい？」

「窓枠には特に傷がついていなかったから、掛け金が外れていたんだろうね。それが風で偶然空いたんだろうってのが、現場を見た上での僕らの見立て」

「第三者が突然乱入した可能性は？」

「可能性はゼロではないけれど、物盗《ものと》りが、複数の人の声がする部屋からわざわざ侵入するとは考えにくいし、恨みによる犯行としても、犯人が灯りを持たずに入ってきたんじゃ……ちょっと意味がないよね。執事が駆けつけてくるまで、部屋は真っ暗だったって、三人とも証言が揃ってるし」

あの夜の記憶をなぞりながら、デューイは言葉を返す。

「確かに、暗闇の中で、四人いる人間の中から男爵を狙って刺すのは難しいね」

「だろ？　あとは、屋敷にいた他の人たちなんだけど……」

「屋敷内には、エミリー夫人と次男のルイス、それにメイドが二人、あとは少なくとも料理番がいたはずだ。当然、彼らからも供述を取ったんだろう？　怪しい人物はいなかったのかい？」

エミールは、上司のベントリーに視線で許可を受けてから、手帳のページを繰った。

「勿論《もちろん》だよ。料理番は近所から通いだから、もういなかった。あとは屋敷内にいたけれど、みんな自室に引き取って寝てたって。メイドたちは、普段なら厨房《ちゅうぼう》の掃除でもっと遅くまで働かなくちゃいけないけど、昨夜は交霊会があるから静かにするようにって言われて、早く眠れて喜んでいたらしい。結局、事件で叩《たた》き起こされて、可哀想だったね」

「そうか。……ということは、ベントリー主任警部。消去法で行くと、ウォルトン男爵殺害の容疑者は、ハミルトン先生とラッセル先生の二人に絞られるということになりませんか？」

ベントリーは、二本目の煙草をふかしながら、左の口角だけを吊《つ》り上げる。

「まあ、これまでの話を総合すると、そういうことになるんだがね。生憎《あいにく》、二人とも、動機がない」

その指摘に、デューイは冷めた紅茶を一口飲み、なるほどと頷《うなず》いた。

「確かに。ハミルトン先生は、ラッセル先生に意見を求められて、男爵を数回往診した程度だと仰《おっしゃ》っていましたね。その程度のことで、男爵を殺したいと思うほどの何かがあったとは思えません。ですが、ラッセル先生のほうは、ずいぶん長いお付き合いだったように仰っていましたが……」

「うむ。だが、常に男爵一家との関係は良好だ。でなければ、共にロンドンに移り住んだりはせんだろうよ」

「ふむ……。家族仲はどうなのです？　特に、夫婦の」

「まあ、田舎の領主様だからな。専制君主的なところはあるだろうが、見るからに大人しそうな奥さんだ。今も、夫の死のショックで寝込んじまってる」

「次男のルイスは？」

「簡単な事情聴取には応じてくれたが、あとは部屋に閉じこもりっきりだ。無理もないだろう。見るからにナヨナヨしたガキ……おっと、お坊ちゃんが、兄貴と親父を失って、家を背負って立たざるを得ない立場に追い込まれたんだからな。ビビリもするさ」

「確かに。そういえば……ああ、いや」

「何だ？　何か思い出したか？」

「いえ、交霊会の間のことではありませんし、ごくプライベートな家庭の事情だと思いますので」

「それでもいい。他言はしねえから、教えてくれよ」

躊躇うデューイに、ベントリーは凄《すご》みのある声音で催促する。言葉は丁重だが、声だけは、取り調べ中の容疑者に対するときのそれだ。

こうなれば、ベントリーは話を聞くまで引き下がりはしないだろう。心の中でルイスに詫《わ》びつつ、デューイはそっと打ち明けた。

「大したことではないのです。ただ、交霊会の前の食事中、男爵が、亡き長男と比較して次男のルイスが劣っていると、本人を前に非難するような言葉を口になさいました。それにルイスがショックを受け、中座する一幕が」

「何っ。そりゃ本当か」

「ええ、ですがどこの家にもあるような家族内の諍《いさか》いだと……」

「貴族の家じゃ、どうだかわからん。しかも、客人のいる前ですらそれだ。日頃にはもっと酷《ひど》いことを言われて、恨みを溜《た》め込んでいたって不思議はねえ」

「待ってください。まだ十六歳の子供ですよ？」

「十六歳ともなりゃ、弱った親を殺すには十分だろうよ」

「警部！　いくら何でも、短絡的過ぎるのでは」

「可能性の話だ。すべてを疑うのが、俺たちの仕事なんでね。そう気を揉《も》むことはねえよ、先生」

「……はい」

「とはいえ、調べはしねえとな。おい、エルフィン。お前、ちょっと行ってこい」

「わかりましたっ。じゃあ、お先に。お邪魔してごめんね、デューイ。また」

上司の命令にサッとメモ帳をしまい込んだエミールは、簡単な挨拶《あいさつ》をすると、コートを取って階段を駆け下りていく。おそらく、ルイスから供述をとるべく、再びウォルトン男爵邸に向かうのだろう。

(余計なことを言ってしまった。ルイスの負担を増やすことにならなければいいんだが)

軽い自己嫌悪に襲われるデューイに声を掛けたのは、デリックだった。

「なあ、兄貴。俺からもひとつ質問があるんだが、いいか?」

「事件に関することかい?」

「当たり前だろ。実は男爵のガウンの左胸に、勲章がついてたんだが、知ってるか?」

その質問に、デューイは躊躇《ちゅうちょ》なく頷く。

「ああ、知っているよ」

「ありゃ、戦死した息子のアーサーが、死後に貰《もら》った奴だろ? そいつを親父がつけてた経緯は?」

勲章の存在自体には気付いていたのだろう、ベントリーも興味深そうに兄弟のやり取りに耳を傾けている。

デューイは、弟に対しては若干素っ気ない口調で答えた。

「ラッセル先生が、交霊会のときには死者ゆかりの物品を置くと、それが幽霊を呼ぶよすがになると仰った。そこで、戦地から送り返されてきたアーサーの私物をテーブルに置いたんだが、勲章はゆかりのものとはいえ、本人に覚えのない品だろう? とはいえ、せっかく出してきたんだから、男爵ご自身が誇らしく身につけ、息子の霊を迎えればよかろうと、ラッセル先生が、交霊会を始める前につけて差し上げていた」

「ははーん……」

それを聞いて、デリックは何とも微妙な反応をする。デューイはそんな弟の態度に若干腹立たしそうな顔つきになり、ベントリーは「ははーんってなあ、何だ、先生よ」と追及した。

「いや、これに関しちゃ、偶然の可能性も往々にしてあるし、俺が憶測でものを言って、捜査を誤らせるようなことがあっちゃいかんと思ったんだけどな。今なら非公式の捜査会議だから、別にいいか」

「あ？　検死官先生が、てめえの判断で隠し事をするほうが、よっぽどよくねえぞ。ちゃんと教えてくれ」

ベントリーが、渋い顔で催促する。デリックは、「ほんじゃま、言うけど」と自分の左胸、ちょうど上着のポケットがあるあたりに手を当てた。

「まあ、ここに勲章をつけるのは自然なこった。けど、実はこれが、優秀なガイドになった可能性もあるなと、検死解剖のとき、ちょいと思っちまってな」

「ん？　ガイドになるってなあ、どういうことだ？」

キョトンとするベントリーに、デリックは、左胸に置いたままの手の、人差し指と中指の間に、もう一方の手の人差し指を突き刺すようなアクションをした。

「こういうこと。ちょうど、ガウンの左胸、十字架の形の勲章キワキワの場所に、刃物を刺した穴が空いてるんだよ。でもって、勲章の真下がちょうど心臓なもんで、一刺しで致命傷を与えられたってわけだ。だが、それがわざとか偶然かは、さっぱり判断がつかねえ」

「ああ？　そこをビシッと判断してこそ検死官なんじゃねえのか？」

「馬鹿言え。わからないことはわからないと素直に言ってこそ検死官だ」

「そうかねえ」

「そうだよ。ただ、考えてもみてくれ。暗闇の中でも、車椅子に乗っている男爵は、咄《とっ》嗟《さ》に動くことができない。いくら暗闇でも、テーブル近くにいりゃあ、居場所に見当がつくわけだ。で、手探りで車椅子を倒したあとは、仰向《あおむ》けにした男爵の胸元を探って、勲章のある場所を刺せばいい。確実性はぐんと上がる。基本的には俺の推理だけど、その事実だけは伝えとこうかと思ってよ」

「なるほどなあ。ミスター・ホームズ顔負けの推理じゃねえか、先生」

「やめてくれよ。探偵小説みたいなこと言ってるとは自覚してるんだから」

ベントリーに茶化されて、デリックは迷惑顔で片手を差し出す。その手の上に煙草入れを載せてやりながら、ベントリーは食えない笑みで言い返した。

「あんまり鮮やかな見立てなんでな。ちょいとからかいたくなった。あのホームズ先生のせいで、愛読者の連中はヤードが無能だと思い込んでやがる。こっちもいささか迷惑してるもんだから、隙あらばくさしたくなるのさ」

「なるほど。おたくも苦労してんだな」

「人間相手なら何年かかろうが負けねえが、小説じゃあな。そもそも戦いようがねえ」

そんなデリックとベントリーの他愛ないやり取りを聞いていたデューイは、小さな咳《せき》払《ばら》いで一同の注目を集めてから、「実は、ベントリー警部」と切り出した。

「実は、今朝気付いたことで、あなたに謝らなくてはならないことがあるんです、ベントリー警部」と切り出した。


ベントリーは、野生の獣が警戒するときのように、やんわり目を細める。

「うん？　そりゃ、何か偽証したとかそういうアレかい？」

「いいえ。誓って真実しか言っていません。ただ、故意でないとはいえ、窃盗を働いてしまいました」

「何だって？　そりゃどうにも、穏やかじゃねえな」

ベントリーは、鼻筋に浅い皺《しわ》を寄せる。

「実は、事件現場から、ある物品を持ち出してしまっていました。お知らせしなくてはと思っていたところに、あなたがたがいらっしゃったので。……少しお待ちを」

デューイは椅子に縋《すが》って立ち上がり、杖《つえ》なしで数歩歩いてソファーまで行くと、背もたれに掛けてあった自分の上着を持って戻ってきた。

それは、金曜の夜、交霊会のときに着ていった、祖父世代のクラシカルなフロックコートだ。

右足を引きずりながらそれを持って席に戻った彼は、ポケットの中からそろりと何かを取り出し、テーブルの上に置いた。

身を乗り出してそれを見た二人の口からは、同時に「はぁ？」という気抜けした声が上がる。

いったい何を「盗んで」しまったのかと思いきや、テーブルの上にちんまりと鎮座しているのは、とても小さな熊のぬいぐるみだったのだ。

生地はモヘアで、柔らかくて短い黄土色の毛が密集している。鼻と口は黒い糸で刺繡《ししゅう》され、両目は丸くて小さなドーム状のガラスだ。

服は着ておらず、手足も簡素な作りで、決して凝った品ではない。

「これは、アーサーの私物の一つです。床に散らばったのを手に取ったものの、男爵が亡くなったことに慌てて、ポケットに入れてしまったようです。無意識でしたし、帰宅したときには疲れ切っていて、上着を寝室に放り出してそのままでした。申し訳ありません」

デューイは生真面目に弁明し、謝罪したが、誰ひとりそれに注意を払う者はない。

「何だこりゃ」

ベントリーは面食らって、目を眇《すが》める。しかし、同じものを見たデリックのほうは、何故か切なげな微笑を浮かべた。

表情を動かすと、端整な顔の左目から頰にかけて残る傷痕がわずかに引き攣《つ》れ、左右対称が崩れる。だがそれは、かえって彼の顔を魅力的に、感情豊かに見せていた。

「これはこれは」

そう言うと、デリックは指先で熊の頭を優しく撫《な》でた。それから、まるで旧友に再会したような口調で、素朴なぬいぐるみに呼びかける。

「よう、戦友。生還おめでとう。相棒のほうは残念だったが」

「戦友？」

デューイとベントリーは、揃って不思議そうな声を上げる。

そんな二人の顔を順番に見て、デリックはホロリと笑った。

「あんたらにはわからねえだろうな。こりゃ、ポケットベア……あるいはソルジャーベアって呼ばれてた奴だ。それが正式名称かどうかは知らんが、少なくとも俺たちはそう呼んでた」

「ソルジャーベア？　まさか、この熊が兵士というわけではなかろうね。ということは、兵士が持っている熊ということかい？」

怪訝《けげん》そうな兄に、デリックは頷《うなず》いて答えた。

「そうだ。家族や恋人が、出征する兵隊にお守り代わりに熊のぬいぐるみを持たせるのが流行《はや》ったんだ。けっこう、みんな持ってた」

デューイは弟の表情を窺《うかが》うような目つきをして口を開いた。

「確かにこう小さければ、ポケットに入れても邪魔にならないね。だからわたしも、気付くのが遅れた。それはそうとデリック、お前もこういうものを持っていたのかい？」

気障《きざ》な検死官は、いかにも決まり悪そうなしかめっ面で逡巡《しゅんじゅん》していたが、やがて諦《あきら》めたように上着の内ポケットに手を突っ込み、やはり小さな熊を引っ張り出した。うなじのあたりを二本の指でつまみ、二人の鼻先に突き出す。

デューイが持ち帰ったものとは違い、デリックが出した熊のぬいぐるみは、ごく控えめに言っても惨憺《さんたん》たる有様だった。

左耳と右の後ろ足が失われ、茶色いモヘア地はあちこち黒焦げになり、目も右側しか残っていない。

デューイは絶句し、ベントリーは小さく口笛を吹いた。

「それが先生のソルジャーベアってわけか。先生より深手を負ってるじゃねえか。こいつを、ずっと持ち歩いてたのか？　戦場でも、こっちに戻ってからも」

デリックは、ずれてもいない眼鏡をかけ直し、あさっての方向を向いて白状する。

「戦場での癖が抜けねえんだよ。こいつと俺は、何度も一緒に死線をくぐり抜けてきたからな。心の支えみたいなもんだ」

「なるほど、そいつぁ戦友だな」

「ああ。戦地で爆発に巻き込まれた時、俺もこいつも大怪我をした」

「そうだったんだ……」

「馬鹿みたいなことを言ってるように思うだろうが、こいつが俺の代わりに、傷の大半を引き受けてくれたんだろうって感じるんだ。だから俺は、この程度で済んだ」

「デリック……」

デューイは、何と言えばいいかわからず、ただ弟の傷痕《きずあと》の残る顔を見つめる。

それを、二人が自分の発言に呆《あき》れているのだと解釈したらしい。デリックは珍しく、ボウッと頬を赤らめ、頭をバリバリと掻《か》いた。

「ああ、今のはなし！　忘れてくれ。そうだよな、馬鹿なことを言っ」

だが、そんなデリックの言葉を遮り、デューイはこう訊《たず》ねた。

「名前は？」

「へ？」

「この熊の名前だよ。あるんだろう？」

デリックの、いつもはふてぶてしく澄ました顔が、ほんのり赤くなる。

「そ、それは……だなあ」

「うん？」

「…………デューイ」

「えっ!?」

「だから、デューイだっつの。悪く思うなよ。これ、出征前に当時の恋人に貰《もら》ったんだけど、あの頃はあんたに相当腹を立ててたからさ。あんたの名前をつけて、一緒に戦場に引きずっていってやる……なーんて、ガキみたいなこと考えてたんだよ」

デリックの思わぬ告白に、デューイは言葉を失い、ベントリーは面白そうに人の悪い笑顔で聞いている。

デリックは自由に動く左手で頭をバリバリ掻いて、早口に吐き捨てた。

「けど！　こいつさ、……こんなふうに」

デリックは、上着の胸ポケットに自分の熊をそっと入れた。小さな熊は、ポケットにすっぽり収まる。

「アーサーの熊を見りゃわかるが、この手の熊の目は、馬鹿に上のほうについてるだろ？　だから胸ポケットに入れると、こうして、熊が俺のほうを見上げてくるんだ。ホントに馬鹿みてえだけど、それが妙に嬉《うれ》しくてな。俺だけじゃねえぞ、みんなそう言ってたんだからな！」

そんな言い訳を口にしてから、デリックは人差し指の先で、愛《いと》おしげに熊の鼻先をちょんとつつく。

「結局、腹いせのつもりで名付けたこいつが、こんな風に見上げてくるもんだから、兄貴が傍にいるみたいな気分になってさ。……その、なんつーか、心強かったわけだ」

「デリック、お前……」

「だから、帰ってきて、あんたが刑務所で右足をやっちまったって聞いて、内心、肝が冷えたよ。こいつも、ほら。俺がやられたとき、右の後ろ足を吹っ飛ばされちまったもんだから」

デリックが再びポケットから取り出した熊のぬいぐるみを見て、デューイは無言で目をパチパチさせていたが、やがて穏やかな笑みを浮かべて言った。

「本当に、わたしの魂はその熊に宿って、お前と一緒にいたのかもしれないね。熊なら、人を殺すことはできないから、私の信条には反しないもの」

「言われてみりゃそうだな。じゃ、あんたのその足も名誉の負傷ってことにしとけよ。きっと、あんたはこいつと繋《つな》がってたんだよ。……なあ、デューイ」

おどけた口調ながら、顔は大真面目にそう言って、デリックは兄ではなく熊に呼びかけた。そして、熊のぬいぐるみを、もとのポケットに戻す。

「そんなわけだから、アーサーのその熊も、誰か親しい人から贈られたもんだろう。一シリングかそこらで売ってたもんだ、高価なものじゃねえから、誰にだって買える」

「へえ、そうかい。俺も戦争にゃ行ってねえから、それは知らなかったな。まあしかし、持ち出しされて困るような重要アイテムじゃなくてよかったよ、ローウェルさん。今回は不問に付すから、これからは気をつけてくれ」

そう言って、ベントリーはポケットからヨレヨレのハンカチを出し、アーサーの熊のぬいぐるみをぐるりと包んで、自分の上着のポケットに入れた。そして、カップに僅《わず》かに残っていた紅茶を飲み干し、立ち上がる。

「じゃ、今日のところはそろそろお開きだな。やっぱり、来てよかった。あんたを巻き込んだおかげで、色々話が繋がったよ。熊も返してもらえて、ちょうどよかったな」

そんな皮肉を込めたベントリーの言葉を、デューイはサラリと受け流し、ついでにざっくり釘《くぎ》を刺す。

「そうですね。しかし、今日は偶然、顧客とのお約束がなかったからよかったものの、いつもこう急に押しかけてきて、休業を強いられては困りますよ」

「わかってるって。次はちゃんと連絡してから押しかける。さ、おいとましようぜ、先生」

「ああ。……じゃ、ケイによろしくな。その後、まだアレについては孤軍奮闘なんだろ？」

ベントリーの手前、「アレ」と言葉を濁したのは、学校での苛《いじ》めのことだ。気に掛けてくれる「おじさん」の優しさに感謝を込めて微笑みながらも、デューイは力なくかぶりを振る。

「そっか。まあ、当分は見守りだな。兄貴は意外と短気だから、焦るなよ」

「わかっているよ。無駄話をしていないで、早く仕事に戻りなさい」

子供の頃のように兄に叱られて、デリックは苦笑いで片手を振り、ベントリーを追いかけて階段を下りていった。

「やれやれ。とんだ捜査会議だった」

ベントリーとデリックが去った後しばらくして、デューイは手すりに縋《すが》り、ゆっくりと階下にやってきた。

彼らが去った後、施錠するのはデューイの仕事だ。どのみち、一度は店舗に下りなくてはならない。

「それにしても……熊のデューイ、か」

ゆっくりと店を横切るデューイの頬に、思い出し笑いが浮かんだ。

まさか弟が、戦場に連れていった熊のぬいぐるみに、自分の名前をつけていたとは。ティーンエイジャーの頃から女の子にやたらもてて、いつもクールに振る舞っていた弟が、あんなに赤面したのはいつぶりだろう。

それを考えただけで、デューイはやけに愉快な気持ちになってしまう。

「しかも、熊とわたしの負傷箇所が同じとはね。……本当に、不思議な偶然だ」

幽霊の存在など相変わらず信じてはいないが、生きている人間については、話が別だ。誰かが誰かを想う強い気持ちや願いは、もしかすると奇跡を起こすのかもしれない。

だからこそ、神の子イエスは、一度は人の世に生まれ、人としての生を全うする必要があったのではないだろうか。そんな風にさえ、今のデューイには感じられる。

物思いにふけりながら、店の入り口を施錠しようとしたデューイは、店の前に誰かが紙くずを捨てているのに気づき、眉《まゆ》をひそめた。

「まったく。自分が道に捨てたゴミは、他の誰かが片付けることになると、どうして理解できないのか……それとも承知の上でやっているのか、理解に苦しむよ」

そうぼやきながら、デューイは店の扉を開けた。右足を庇《かば》いながら一歩だけ外に出て、ゴミを拾って戻ろうとする。

だがそのとき、歩道の向こうから歩いてくるケイの姿が見えた。

父親のお古のコートと母親手編みのマフラー、それにミトンで、小さな身体がもこもこに着膨れている。

(おや、いいタイミングだった)

自分も娘ふたりの父であるベントリーなので、子供がいる空間できな臭い話はしたくないというデューイの気持ちを汲《く》み、早めに話を切り上げてくれたのだろう。犯罪者相手の仕事だけにやや粗野に振る舞ってはいるが、気遣いもできる人物であるらしい。

いつものように「お帰り」とケイを迎えようとしたデューイだが、ふと、いつもと違う光景に、驚きの表情になる。

何故かケイは、同じ年頃の少女の手をしっかり引いて歩いていた。しかも、二人とも泥まみれだ。

足の痛みも忘れ、デューイは思わず、道路を数歩歩いて二人の子供を出迎えた。

「ケイ、お帰り。いったいどうしたんだ？　そしてこの子は？」

「ただいま帰りました。えっと、とにかく、アナベルが怪我をしているので、手当を」

「怪我？」

どうやら、連れの少女の名は、アナベルというらしい。デューイが視線を下げると、確かに、少女のスカートの裾《すそ》から、下腿《かたい》を流れ落ちた血の筋が見える。

「これはいけないな。とにかく、入りなさい。温かい部屋で話をしよう。ええと、お嬢さんは……」

「アナベル・トラヴァーズ」

少女はやや緊張した声で、フルネームを名乗った。そして、ヌッと右手を差し出してくる。

アナベルは絶世の美少女というわけではないが、そばかすのある頬が寒さで赤くなっているのが愛らしく、愛嬌《あいきょう》のある顔立ちをしている。しかし、癖のある長い栗色の髪はゴミクズだらけ、後頭部で結んだリボンも解《ほど》けかけという、悲惨な状態だ。

いったい何があったのか問い詰めたいところだが、まずは握手に応《こた》え、デューイは丁重に自己紹介を返した。

「デューイ・ローウェルだ。はじめまして、アナベル。さあ、二階へ上がって」

幸い、さっきまで「捜査会議」をしていたおかげで、暖炉には火が赤々と燃えており、居間は居心地よく暖かい。

「あれ、お客さんが来ていたんですか？」

テーブルの上にそのままになっていた食器を見て、ケイはコートを脱ぎながら、不思議そうな顔をする。

「ああ、さっき帰られたばかりなんだ」

「そうですか。あ、お茶は僕が用意するので、アナベルの怪我を診てあげてください」

ケイはダイニングの椅子の背にコートと脱いだ上着を掛けると、さっそくシャツの袖《そで》を肘《ひじ》までまくり上げる。

「君は、怪我をしていないのかい？」

「僕は平気です」

「では、よろしく頼むよ」

そう言い置いて、デューイは寝室のキャビネットから、薬を入れておく引き出しをそのまま抜き出し、居間に持ってきた。

コートを脱いだアナベルは、ソファーのど真ん中に座り、キョロキョロと好奇心旺盛《おうせい》に室内を見回している。

お転婆なのは今の姿を見ればわかるが、着ている服はなかなかに可愛らしく、やや古くさいデザインだ。母親のお下がりを着せられているのかもしれない。

「さあ、座り方を変えて、ソファーの上に足を投げ出してごらん」

ソファーの座面に持参のタオルを広げてやると、アナベルは「たいしたことないのに」と言いながらも、従順に足を伸ばして座り、スカートの裾を膝《ひざ》まで引き上げた。

「これはまた、ずいぶん派手にやったものだ」

デューイは呆《あき》れ顔で言った。アナベルの左の膝小僧《ひざこぞう》は、ずる剝《む》けといってもいいくらいの有様になっていた。スカートも汚れただろうが、何よりまずは傷口をきちんと手当しなくてはならない。

「怪我はここだけ？」

「ううん。ここも」

そう言って見せた左の手首も、かなり本格的に擦《す》り剝いている。

「おやおや。転んだのかい？」

アナベルは悔しそうな顔で頷《うなず》き、そっぽを向いて吐き捨てた。

「このくらいどうってことないわ」

「そんなことはないよ。傷口からバイ菌が入ったら大変だ。きちんと手当して、綺麗《きれい》に治るようにしなくては。……それにしても」

脱脂綿に消毒薬を染み込ませ、傷口をできるだけ優しく拭《ふ》き取りながら、デューイはアナベルに問いかけた。

「君は、その……ケイの友達かい？」

するとアナベルは、痛いのを我慢してるのが明らかな顰《しか》めっ面《つら》で、つっけんどんに答えた。

「そうなるつもり。ケイはどう思ってるか知らないけど。同じクラスなの」

「クラスメートか。いったい、何があったんだい？　女の子がこんな酷《ひど》い怪我をするなんて」

「私が勝手に転んだの」

アナベルはそう言い張ったが、お茶のカップをトレイに載せて運んできたケイが、すぐさま説明を加えた。

「僕のことをいつもからかう男の子たちがクラスに何人かいて、帰り道、その子たちがふざけて、道端で僕に泥団子を投げてきたんです」

なるほど、それでコートがドロドロなのかとデューイは理解する。それと同時に、静かな怒りがわき上がってきた。

それをデューイの表情で察したのか、ケイは慌てて言葉を付け足す。

「授業中に先生の目を盗んで紙飛行機をぶつけてきたりしていたんですけど、僕がちっとも相手にしなかったから、腹を立てさせてしまったんだと思います」

「だからといって、泥団子を投げていいはずがないだろう」

「そのとおりよ！　それなのにケイがそれも無視して通り過ぎようとするから、あいつら、ますますムキになって……。私も同じ帰り道だから、しばらく見てたけど、我慢ならなくなっちゃった」

「まさか、アナベル、君は」

「アナベルが、急にその辺りの泥を摑《つか》んで、男の子たちに投げつけ始めて……」

デューイは呆然《ぼうぜん》としつつも、二人を問い質《ただ》す。

「なるほど。君はとても勇敢な女の子だ。それでケイ、君は？　アナベルが苛《いじ》めっ子《こ》たちと戦っているとき、君は何をしていたんだ？」

ケイはソファーの脇に立ち、頭や顔に泥をつけたままで項垂《うなだ》れる。

「僕は、両方を止めようとしたんですけど、そうすると結局、どっちが投げる泥団子も、最終的には僕に当たっちゃって」

それを聞いて、デューイは思わず噴き出してしまった。

「おじさん！　笑いごとじゃないわ」

アナベルはソファーを叩《たた》いて怒り、ケイは色白の顔を真っ赤にする。デューイは、まだ笑みを引っ込めることができないまま、二人に謝った。

「いや、すまない。あまりにもケイらしいと思って。……ケイ、アナベルは君の友達になるつもりだそうだよ」

「えっ？」

ケイは赤い顔のまま、ボサボサ髪の少女の顔を見下ろす。アナベルは、そんなケイを詰問した。

「だけど、その前にハッキリさせときたいの。あんた、なんでやり返さないの？　そりゃ、そんな細っこい腕じゃ殴っても勝てないでしょうけど、せめて言い返すくらいしたっていいじゃない」

それはもっともな問いかけだったが、ケイは静かに口を開いた。

「アナベルには、こうして言い返せる。だって、アナベルは話を聞いてくれるつもりがあるから。でも、僕を苛めている連中は、僕の話なんて聞きたくないんだ。ただ、自分たちより弱そうな人間を苛めたいだけ。言い返しても意味はないし、やり返しても、他人を傷つけたことで、僕が嫌な思いをするだけじゃないか」

それは、思ってもみない答えだったのだろう。アナベルは大きく目を見開き、「はぁ？」と言った。

その反応に、今度はケイが戸惑う番である。

「僕、何かおかしいことを言ったかな？」

それに対するアナベルの答えは、傍で聞いているデューイが驚くほどに明快だった。

「あんたがどう思おうとあんたの勝手だけど、ずっとあんたはやられっぱなしで、一方的に損してるだけじゃない。それって、やっぱりおかしいわよ。損得が合わないって、凄《すご》くよくないことよ。うちの父さんがいつもそう言ってる。帳尻《ちょうじり》は合わせたほうがいいって。だから、何かしなさいよ」

「何かって……。僕は本当に、言い返しもやり返しもしたくないんだよ、アナベル」

「だったら、友達を作りなさい！」

アナベルはそう言うと、今度はケイに向かって右手を差し出す。しかし、ケイは戸惑うばかりで、その手をすぐに取ろうとはしない。

デューイは、余計な口出しをせず、アナベルの傷の手当を進めつつ、二人の子供のやり取りに耳を傾ける。

ケイは困惑しきりの顔をしていたが、それでも自分のために憤ってくれた少女に誠実であろうとしていた。

「ごめん、アナベル。友達を作るのが、どうして『帳尻を合わせる』ことになるんだろう。僕にはわからない」

「あんたのことを気に入ってる友達が、あんたの代わりに腹を立てて、戦ってくれるからよ！」

「つまり、さっきの君みたいに？」

「そう」

「僕のために、君がしてくれたことには感謝してる。でも僕は、同情はしてほしくないんだ」

それを聞いて、アナベルは盛大な顰めっ面で鼻を鳴らした。

「はぁ？　同情？　何それ」

「何それって……。だって君、僕のために喧嘩してくれたんじゃ」

「あんたのためだけじゃないわ。あたしがイライラしたからよ」

「え……えっと」

「あんたがあいつらに苛められるの、ずっと見てた。あんたは何一つ悪くない。あいつらが、勝手に言いがかりをつけたり、あんたを一方的に馬鹿にしてるだけ。それをこのまま見ないふりをしたら、あいつらの味方をしてるようなもんじゃない。それじゃ、一生恥ずかしく思うでしょ！　あたしはあんたの肩を持つって決めた。同情なんかじゃないわ」

「そ……そう」

「そうよ。今日の喧嘩も、あんたの肩を持つ人間として、あたしが好きで割って入ったの。あんたへの同情とか、うぬぼれないでよ。あたしに失礼でしょ！」

「ごめん！　なんか……えっと、ごめん」

「それで？　友達になるの？　なりたくないの？　あんたが自分で決めなさいよ」

凄い剣幕で返答を迫られたケイは、明らかに気圧《けお》され、声を掠《かす》れさせながらも、素直な気持ちを口にした。

「僕は、言い返さない、やり返さないって決めて、それをずっと通してきたんだ。これからも、そうするつもりでいる。それが僕のやり方で、君風に言えば、僕の戦い」

「知ってるわよ。余計なことして悪かったって言うべき？」

「そうじゃないよ、聞いて。だけどさっき、君があいつらに泥団子を投げたり、突き飛ばしたりしてるのを見て、慌てたけど……ええと、凄くスカッとした」

おや、と心の中で呟《つぶや》き、デューイは思わず微苦笑する。

ケイ自身も、自分が発した言葉に驚いたようだった。

「うん、スカッとしたんだ。……そして、たぶん、嬉《うれ》しかった」

「たぶんって何よ」

「だって……わからないんだ、こういうの。友達ができるの、初めてだから」

「嘘でしょ」

「ホントだって。だから……その……我が儘《まま》言って悪いんだけど」

ケイは両手をゴシゴシとズボンで拭《ふ》いて、かえって泥をつけてしまったが、それに気付くことなく、自分からアナベルに右手を差し出した。

「僕と君の戦い方はたぶん全然違うんだけど、でも、僕は君のやり方も凄く好きだ。だから……僕のほうから、友達になってくださいって言わせてほしい」

「何それ。どっちからでも一緒でしょ」

どこまでも現実的なアナベルに対して、ケイは大真面目に「違うよ」と言い張る。

「君にとっては、僕はたくさんいる友達のひとりだろうけど、僕にとっては、君が生まれて初めての友達なんだ。だから……ええと、ちゃんとやりたい」

「意味がわかんないけど、まあいいわ。じゃ、今このときから、あたしたちは友達」

そう言うと、ソファーに座ったまま、アナベルはケイの手を取った。

「うん。よろしくね」

ケイもしっかりとアナベルと握手を交わす。

（よかった。ケイにもやっと、一緒に笑ったり、怒ったり、戦ったりしてくれる友達ができたんだ。……よかった）

デューイは、ホッと胸を撫《な》で下ろす。しかし、心配なのは、アナベルの現状だ。大怪我ではないし、子供の喧嘩に保護者が出しゃばるのもみっともない。とはいえ、その発端がケイなだけに、デューイは責任を感じていた。

「さて、一応、きちんと手当はしたけれど、ご両親にわたしから事情をお話ししたほうがいいだろうね」

だがアナベルは、スカートを元に戻し、ソファーから両足を下ろして、デューイの申し出を素っ気なく拒否した。

「そんな必要ないわ。あたしに口があるの、見えないの？　説明なら、自分でする」

「いや、しかし」

「大丈夫。うちの両親、キングス・クロス駅の近くで、食堂やってんの。帰ってくるのは夜遅いし、おじさんに、親の仕事の邪魔してほしくないし」

「……そうか。だったらせめて、親御さんに手紙を書かせてくれないかい？　だんまりなままで君を帰すのは、わたしがつらい」

「困るんじゃなくて、つらいの？」

「うん。君のご両親に、君の名誉の負傷についてお礼を言えないのは、何ともつらい」

勝ち気なアナベルは、デューイのそんな物言いが気に入ったらしい。初めて、ニコッとして頷《うなず》いた。

「じゃ、いいわ」

「ありがとう。君たちがお茶を飲んでお菓子を食べるあいだに、書いてしまうよ。ああ、ときに、お腹が空《す》いているなら、わたしの友達が買ってきてくれたコーニッシュ・パスティがあるんだが、どうかな」

「食べる！」

アナベルは即答する。デューイも、この活発な少女が、すっかり気にいってしまっていた。

ケイの初めての友達になってくれたことが何より嬉しいし、多少言動は荒っぽくても、
彼女の率直で裏表のない性格には好感が持てる。

だからデューイは、彼にしてはいささか浮かれた声でこう言った。

「いい返事だね。では、オーブンで温め直してこよう。そのあいだに、ケイ、彼女をバスルームに案内して。二人とも、全身の泥を、濡《ぬ》らしたタオルで落としておいで」

結局、あたりが暗くなる前に、自分の顔ほどある大きなコーニッシュ・パスティをペロリと平らげ、さらにキャロットケーキの分厚い一切れも腹に収めたアナベルは、元気いっぱいで帰っていった。

彼女を店の前で見送ったデューイとケイは、嵐が去ったような気持ちで家の中に戻った。

「あの、突然、アナベルを連れて帰ってしまって、ごめんなさい」

律儀に詫《わ》びるケイに、デューイは苦笑いで「いいんだよ」と言った。

「今日は、突然押しかけて来るお客さんの日なんだろう。それに、わたしも君の初めての友達と知り合えてよかった。とてもいい子だね」

ケイははにかんで頷く。

「はい。じゃあ、デューイさんが、アナベルにまたおいでって言ってくれたのは……」

「社交辞令ではないよ。あの子のご両親は商売で忙しいようだから、放課後、時間を過ごす場所がほしいなら、宿題でもおやつでも、うちの二階を使えばいい。ああ、ただし、幼くても紳士と淑女だからね。部屋にこもらず、居間で過ごすんだよ」

「わ……わかってます、そんなこと」

十二歳ともなれば、デューイが遠回しに注意したことの意味がわかるのだろう。ケイは恥ずかしそうに、二階へ駆け戻ろうとする。

そのとき、いつもデューイが店番をしたり、骨董品《こっとう》の手入れをしたりする机の上で、電話が大きな音で鳴り始めた。

それは、デリックからの連絡だった。

「どうした？　何か忘れ物かい？」

そう訊《たず》ねたデューイに、デリックは硬い声音で告げた。

『実はあれから、男爵殺害の事件現場を一度見ておきたいから、ベントリーのおっさんと一緒にそっちへ向かったんだがな。ちっと捜査に進展があったから、あんたにも知らせておこうかと思ったんだ。一応、捜査陣の一員になってるわけだしな。聞く気がないならこのまま切るけど、どうする？』

そう言われて、「特に必要はない」と受話器を置くほど、デューイの好奇心は衰えていない。

「何があったんだい？」

さほど考えることもなくそう答えた兄に、受話器の向こうで、デリックが微《かす》かに笑うような息づかいをした。

『そうこなくっちゃ。実は、次男のルイスがやっと部屋から出て来たんでね、ベントリー主任警部が、あんたが返したあのソルジャーベアを見せたんだよ。そうしたら』

「そうしたら？」

『何故かルイスがボロボロ涙をこぼして、僕がやりましたって自白しやがった』

「……なんだって？」

耳を疑うデューイに、デリックは淡々とした口調でこう続ける。

『父親を殺したのは僕ですと、ハッキリ言ったんだよ。俺も居あわせて、バッチリこの耳で聞いた。子供とはいえ自白した以上、ヤードとしちゃ、しょっ引かざるを得ねえ。今夜はヤードの留置所に入れて、明日《あした》の朝から取り調べだそうだ』

「あの子が。だがわたしの目には、人を殺せるような子には見えなかったけれど」

『俺もそう思うが、何しろ自白したわけだからよ。で、もし引き続き協力を求めたいことがあれば、警部かエミールが電話するってよ』

「わかった。知らせてくれてありがとう」

礼を言って受話器を置き、デューイは嘆息した。

せっかくアナベルが持ち込んでくれた明るい空気は、哀れな少年の自首という悲しい知らせのせいで、綺麗《きれい》さっぱりかき消えてしまった。

「デューイさん？　大丈夫ですか？　まだ警察と何か？」

心配そうなケイに無理矢理笑顔を作ってみせ、デューイは言った。

「いや。……金曜の夜のことについては、片が付きそうだよ。まあ、我々には関係のないことだ。さあ、上へ行って、夕飯前に、君の可哀想なコートにブラシをかけよう。あれでは明日、学校に着ていけないじゃないか」

「……はい」

すまなそうに、しかしどこか誇らしそうに頷き、ケイは元気よく階段を駆け上がった。

五章　心を寄せる場所

「それはもう聞き飽きた。殺害の理由と方法を訊《き》いているんだ」

「僕です。僕がやりました」

「だから……それは、僕が父にいつも悪く言われて、父を憎んでいたからです。方法は、交霊会の最中に、窓から入ってやりました」

「やりました、とは何をどうした」

「必死だったので覚えていません」

今朝から何十回繰り返したかわからないやり取りに、さすがのベントリーも苛立《いらだ》ちを隠せず、机の天板を人差し指と中指の先で何度も強く叩《たた》いた。

朝食後に始まった亡きウォルトン男爵の次男、ルイスの取り調べは、昼食を挟み、午後になってもいっこうに進展しなかった。

やせっぽちの少年は、青い顔で小刻みに震えながら漠然とした供述を繰り返すばかりで、いっこうに具体的な話をしようとしないのである。

ある意味、頑強に黙秘されているのと同じ状態だ。

(どうしたもんだか)

チラと書記席を見ると、エミールも困り果てた顔でこちらを見返してくる。

「……いっぺん休憩するか。何か、お茶と一緒に食いたいものはあるか?」

少年はベントリーの顔を見ようともせず、俯《うつむ》いて小さくかぶりを振る。

「そんじゃ、こっちで適当に見繕うぜ。心安らぐような場所じゃなかろうが、まあ、せいぜいくつろいでくれ。そんな態度じゃ、この部屋とはずいぶん長い付き合いになるぞ」

自首して、みずから容疑者になった人物とはいえ、子供相手に違いはないので、脅し文句もごく軽くせざるを得ない。

当番の警察官にお茶とビスケットを出してやるよう指示して、ベントリーとエミールは取調室を出た。

「やれやれ。オフィスに戻って、俺たちも紅茶でも飲むか」

「いいですね。呪文みたいに同じ会話を聞き続けて、頭がグルグルします」

「その呪文を唱えさせられてるこっちは、もっとだぜ」

さすがにうんざりした顔で、ベントリーは薄暗い廊下を歩き出した。

エミールは、そんな上司と肩を並べつつ、うーんと思いきり伸びをした。

「ルイスが具体的な殺害方法を言えないのは、殺してないからじゃないですかね」

そんな部下の言葉に、ベントリーは片眉《まゆ》を僅《わず》かに上げ、紙巻き煙草を口にくわえたまま器用に喋《しゃべ》った。

「だろうな。見るからに線の細い子だ。とうてい人を殺せるタマじゃねえよ」

「僕も同じ印象です。でも、だったらどうして父親を殺したなんて、大それた嘘をつこうと思ったんだろう」

「俺としちゃ、ローウェルさんから受け取った熊を、そのまんまアーサーの私物入れに戻すのも何だと思って、通りかかったルイスに、これは確かに兄貴の持ち物かと軽く確認する意図しかなかったんだがな。あの熊が、あの子の琴線に触れたんだろうが……何が何だか、よくわからん。まあ、難しい年頃ではあるが。おっと」

　オフィスの前まで来たところで、二人は、階段を軽い足取りで上がってきた人物と出くわす。それは、検死官のデリック・ローウェルだった。

「絶妙のタイミングだな」

　そう言って片手を上げたデリックは、大判の封筒を小脇に抱えている。着込んでいるのは、重そうな軍用コートだ。

「よう、検死官先生。今日は何の用だ？」

「ウォルトン男爵の検死報告書。死因を失血死から心タンポナーデに変更したから、書き直してお届けに上がったってわけです」

「おう、そりゃわざわざ悪かったな。言ってくれりゃ、誰かに取りにいかせたものを」

　ベントリーに封筒を手渡し、デリックは寒い外から建物の中に入ったせいで、うっすら曇った眼鏡を外し、ハンカチで拭《ふ》きながら言った。

「いや、朝からややこしい解剖を一件やっつけてきたんでね。ちょいと、息抜きがてらの散歩みたいなもんですよ」

「そうか。じゃあ、お茶でも飲んでいかねえか？　俺たちも、今から一休みだ」

「そりゃいいな。いただきます」

「じゃ、僕、お茶を淹《い》れてきますね」

エミールが給湯室へ駆けていったので、ベントリーとデリックはオフィスへ入った。

刑事たちが集う犯罪捜査部の広いオフィスは、ガランとしていた。昼間にデスクでのんびりしていられる者などほとんどおらず、皆、捜査で出払っているのだ。

「空いた椅子に、適当に座ってくれや」

そう言うと、ベントリーは自分の席に腰を下ろす。掃除は小使の少年がしてくれるのだが、机の上は触るなと言い渡しているのだろう。ティーカップを置く場所にも困るほど、書類が雑然と積み上げられている。

「警部、そろそろ片付けたほうがいいんじゃないですかね。そのうち雪崩《なだ》れますよ」

「わかってるんだが、なかなかな。俺ぁ、デスクワークがどうにも苦手なんだよ」

「気持ちはわかりますけどね。……つか、それ、なんでそこにあるんです？」

デリックは、机の上にちょんと置かれたものを指さした。それは、くだんの「アーサーのソルジャーベア」である。

ベントリーはああ、と気のない相づちを打ち、凝った肩をぐりぐりと回した。

「自首したルイスが、それを見てえらく反応したろ。気になって、持ってきたんだ」

「ふうん。……つか、どうですか、取り調べは。その顔を見るだに、収穫なしって感じですけど」

「検死官どのは、生きた人間からも情報を読み取るのかい？」

「当たりかよ。何、黙秘ですか？」

「いや。それがな。父親が憎かったから、交霊会の最中に窓から入って殺した、方法は必死だったから覚えてないの一点張りだ」

「そりゃまた、無理のある自白だな」

「まったくだ。真っ青な顔で、ガタガタ震えながら、馬鹿の一つ覚えみたいに同じ供述を繰り返してる。……ありゃあ、嘘だな。あんたもどうだい？」

そう言って、くわえっぱなしだった煙草にやっと火を点《つ》けたベントリーは、デリックにも一本勧めた。

「貰《もら》ってばかりですけど、助かりますよ。今月は苦しくてね」

「おいおい、検死官の給料は安かねえだろ。独り身の男が、そんなに何に使ったんだ。バクチじゃねえだろうな？」

「馬鹿言わないでください。そんなくだらねえ使い方はしません。フランスの高い医学書を思いきって買ったんです。おかげで素寒貧《すかんぴん》だ」

「おお、そりゃ感心。気持ちよく煙草を進呈しよう」

「どうも」

礼を言って煙草をくわえ、火を点けてもらったデリックは、旨《うま》そうに煙を吸い込んでから、ベントリーに訊《たず》ねた。

「正直、あの子が自首したときから、信じてなかったんじゃないですか？　少なくとも、俺はそうだけどな」

「ああ、あんたの言うとおりだ。とはいえ……完全な嘘をつく人間ってなぁ、そうそういないもんなんだぜ、先生」

「っていうと？」

「管区の警官連中にもう一度、スモーキングルームの窓付近をきちんと調べ直させた。そうしたら、窓枠からルイスの指紋が出た。人差し指の先で押したらしく、小さな指紋だったんでな。最初の検分のときには見落としたらしい」

「どうせ、経験の浅い若いのにやらせたんでしょう。証拠を採取することの重要性を、管区の連中にももっと知ってもらわなきゃいけねえな」

「まったくだ。あと、ルイスの足と同じサイズの靴跡が、厨房《ちゅうぼう》から外に通じる勝手口にも残ってた。メイドや料理番の靴跡とは、明らかに違う」

「なんでまた、そんなにしっかり残ってたんです？」

「交霊会の夜は、静かにしなくてはならないからと、メイドたちは厨房の掃除を免除されていた。つまり、厨房の床が汚れたままだったんだ。だから、その夜に厨房を歩いた奴の靴底に油がついて、それが勝手口のタイル床に靴跡をこさえたってわけだ」

デリックは、短く口笛を吹いた。

「なるほど。つまり、ルイスは何もしてないわけじゃないってことか。少なくとも交霊会が開かれているあいだに、彼は自室を出て、厨房から庭に出た。そして、スモーキングルームの窓を、外から開けた」

「ああ。そこまでは真実なんだ。だからルイスも、実際にてめえがやったことは話せる。だが、親父を殺した方法については、やってねえから言えねえんだろう」

「なるほどねえ。面白い」

「何が面白いもんか。取り調べが堂々巡りもいいところで、僕ら、すっかり疲れちゃったよ」

そんなぼやきと共に戻ってきたエミールは、最初からミルクと砂糖入りの紅茶のカップを各々の前に置き、自分もベントリーの隣の自席に腰を下ろした。

デリックは笑いながら煙草を灰皿に置いて、熱々の紅茶を吹き冷まして一口飲んだ。

「旨い。寒い中を歩いてきたから、腹に染み渡るな」

そう言ってから、デリックは長い脚を組み、自分の膝《ひざ》に頬杖《ほおづえ》をついて言った。

「ってことは、兄貴と二人の医者が揃って証言した、交霊会の最中《さなか》、突然冷たい風が吹き込んで蠟燭《ろうそく》の火が消えたってのは、ルイスが窓を開けたせいだって可能性が高いわけだな。しかも、何らかの目的を持ってそれをやったってことだ」

エミールは両手でくるむようにカップを持ち、デリックの推理に言葉を追加する。

「だけど、殺人は犯してない。窓を開けるまでが、彼の役割だったってことかな」

デリックは、それだというように左の人差し指を立てる。

「交霊会の最中に窓が開きゃ、誰だって幽霊が入って来たと思ってビビる。そこで『共犯者』が、実際の犯行を実行したんじゃねえか。蠟燭の火が消えたのは、もしかすると偶然の結果かもしれん。そのくらい、何となればドサクサに紛れて吹き消しゃいいんだからな」

「確かに。そうか、それなら、デューイが聞いたっていう微《かす》かな足音も納得だよ。それが、窓を開けて、自分の仕事を終えて退散するルイスの足音だったとしたら……」

「筋が通るな。ルイスは、その共犯者を庇《かば》って自首したと考えるのが妥当だ。となりゃあ、共犯者だが……」

デリックが言葉を切るタイミングを待っていたかのように、小さなノックを三回してから、小使の少年が扉を開け、顔を覗《のぞ》かせた。

半年前からヤードで下働きを始めたその少年は、エミールの顔を見ると、ホッとしたように部屋に入ってきた。

「よかった、ここにいた！　ドレイパーさん、速達です」

「ああ、ありがとう。ご苦労様」

受け取った封筒をビリビリ破り、取り出した便箋《びんせん》に慌ただしく目を走らせたエミールは、「うわっ」と声を上げる。小使は興味がありそうな顔で一同を見ていたが、ベントリーに睨《にら》まれ、慌ててオフィスから出て行った。

「何だ、どうした、エルフィン？」

「いい知らせか？」

ベントリーとデリックの訝《いぶか》しげな視線を受け、エミールは便箋をヒラヒラさせた。

「何か情報があればと思って、ウォルトン男爵の所領があるエクセターの警察署に、照会をかけていたんです。その、これは僕の一存でやっちゃったんですけど、ラッセル医師について」

「ラッセルについては、とっくに調べただろうが。なんでまた」

怪訝《けげん》そうなベントリーに、エミールは一生懸命に説明する。

「ええ、最初の照会でわかったのは、ラッセル医師が奥さんを若くして腎臓《じんぞう》病で亡くしていることと、たった一人の家族である娘さんも、戦争中に亡くなったことでした。その娘さんが死んだ年が、アーサーが死んだ年と同じなんです。時期は、娘さんが亡くなったのがほんの少し後ですけど。それが気になったのと……」

「他にも何か引っかかったのか」

「はい。交霊会の出席者の中で、ウォルトン男爵といちばん縁が深かったのは、やっぱりラッセル医師ですから、本当に男爵を殺す動機がなかったかどうか、とことん調べたくて……その、僕が刑事の勘とか言い出すのはまだ早いってわかってるんですけど。すいません」

ベントリーに叱られると思ったのか、エミールは最後のほうは首を縮こめて告白したが、ベントリーはむしろ満足げに頷《うなず》いた。

「謝るこたぁねえ。お前もやっと、気の利いたことができるようになってきたじゃねえか。で？　その得意げなツラを見ると、何ぞ収穫があったんだな？」

エミールは、童顔を上気させて頷いた。

「はいっ。これはどう考えても公式な記録じゃありませんから、現地の刑事が聞き込みに走ってくれたみたいです。あとでよくお礼を言わなきゃ。ラッセル医師の一人娘オードリーは、アーサーと恋仲だったようですね」

ベントリーは、自分の娘のことでも考えたのか、渋い顔で煙草の灰を落とした。

「出征したとき、アーサーは十八、そのオードリーは……」

「同い年ですね。なんでそんなに怖い顔してるんです？　別に、恋人がいたって不思議はない歳ですよ？」

「わかっとる。だが、上の娘が初めてボーイフレンドをうちに連れてきたときのことを思い出すと、未《いま》だにみぞおちに何か変なもんがせり上がってくるんだ」

珍しく父親の顔を覗かせるベントリーを、デリックは興味津々で追及する。

「おっ、そのとき娘さんはいくつだったんです？」

「……七歳だった」

「それ、ガキのままごとじゃないですか！　何をマジでいつまでも引きずってんだ」

大笑いしてベントリーをからかうデリックを、エミールは慌てて窘《たしな》めた。

「きっと、女の子を持つお父さんはそうなんだって！　娘のことは、滅茶苦茶可愛いんだよ。だから、ラッセル医師も」

デリックに何か言い返そうとしていたベントリーは、顔を引き締めて部下を見る。

「ラッセルがどうした？」

エミールは、気の毒そうに答えた。

「アーサーとオードリーは、いわゆる身分違いの恋って奴です。つきあっていることを知った男爵が激怒して、二人の仲を引き裂いたみたいですね」

デリックは、不愉快そうに高い鼻筋に皺《しわ》を寄せる。

「何だよ、そりゃ。ロミオとジュリエットかよ。どうやって別れさせたんだ？」

「酷《ひど》いやり方だよ。アーサーを軍に志願させて、彼が訓練施設に入っている間に、男爵はラッセル親子に適当な縁談を押しつけ、オードリーを嫁がせてしまった」

デリックは忌々しげに小さく舌打ちする。

「そりゃ、領主様がお膳立《ぜんだ》てした縁談じゃ、娘も断れねえよな。親父の立場が悪くなるんだもんな。汚《きたね》え手口だ」

ベントリーも、苦い声で吐き捨てた。

「きっと男爵の頭ん中じゃ、ちょいと戦場で大人しくウロウロさせれば、長男は無傷で帰ってこられると思ってたんだろうよ。昔の戦争は、ずいぶん呑気《のんき》だったらしいから」

「でしょうね。機関砲の弾が雨みたいに降り注ぐ中、戦車が縦横無尽に走り回る戦場なんて、行った奴じゃないとわからねえ。女と別れさせるために戦場にやった息子が戦死したとくりゃ、そりゃ親父もさぞ気落ちしただろうよ。身から出た錆《さび》だ」

エミールは、気遣わしそうな眼差《まなざ》しでデリックを見ながら、話をこう締め括《くく》った。

「結局、アーサーの戦死した一ヶ月後、オードリーも嫁ぎ先で亡くなりました。……その、自殺だったそうです」

三人は、しばらく黙り込んだ。

やがて、短くなった煙草を灰皿に擦《こす》りつけて火を消し、深い溜《た》め息《いき》をついて口を開いたのは、ベントリーだった。

「刑事ってなぁ、因果な稼業だな。そんな風に娘を亡くした親父の気持ちはよくわかるが……殺人の動機としちゃあ、十分だ。とっととラッセルを任意でしょっ引いて来い」

「……はいッ！　行ってきます！」

エミールは悲しげな顔で、それでも威勢良く返事をして、コートを引っ摑《つか》み、駆け出していく。

それを見送って、デリックはふと腰を浮かせ、ベントリーの机の上からソルジャーベアを手に取った。それを、自分の腿《もも》の上にちょこんと座らせる。

「おい、先生よ。そいつで遊ばないでくれ。他人様《ひとさま》の持ち物だからな」

「わかってますよ。……ねえ、主任警部」

「何だ？」

デリックは、熊の両腕をバンザイの姿に持ち上げ、少し躊躇《ためら》いながらこう言った。

「ちょいと気になることがあるんです。大至急、調べちゃもらえませんかね」

＊　　　＊

「ルイスが自首したと聞いては、のうのうと診療所にいるわけにはいかん。彼をすぐに釈放してやんなさい。あの子は無実だ」

取調室に入るや否や、まだ座らないうちから、ラッセル医師はそう言った。

ベントリーとエミールは、思わず顔を見合わせる。

ベントリーは、「まあ座って」とラッセルの両肩に手を置いて無理矢理椅子に掛けさせると、自分は彼の傍らに立ったまま、耳元で低く問いかけた。

「ルイスが無実だとすると、誰が男爵を殺したんですかね。俺ぁ、あんたじゃないかと踏んでるんですがね」

すると、意外なほどあっさり、ラッセルはその容疑を認めた。

「さよう、男爵を殺《あや》めたのは僕だ。失うものはもう何もない。絞首台も怖くはない。だから、早くルイスを母親のもとへ帰してやってほしい」

「そうはいかんのです。何しろルイスは、自分がやったといってきかないんでね。そいつを否定できるくらい詳しく、あんたから事情を聞かにゃならん」

「無論、話すとも」

「あと、ルイスが無関係って嘘はお断りだぜ、先生。時間の無駄は省きたい。彼が交霊会の途中、窓を開ける役目を果たしたことはわかってるんだ。そのあたりも、きっちり説明してくれ」

「……いいとも」

腹を括ってここに来たのだろう。ラッセルは、自分と向かい合って着席したベントリーの日焼けした顔を、まっすぐ見据えて問いかけた。

「僕をここに連れてきたってことは、娘とアーサーのことを突き止めたんだね？」

ベントリーはただ頷く。ラッセルは、そっと目を閉じた。

「訓練施設から戻り、オードリーが男爵が押しつけた縁談を受け、遠方に嫁いだことを知ったアーサーは、僕に言ったよ。今は彼女を迎えに行く時間的猶予がない。戦場へ行くしかないが、きっと無事に帰還して、そのときこそ父親と戦うと。嫁ぎ先からオードリーを取り戻し、妻にすると約束してくれた」

エミールはそっと書記席に着き、ペンを走らせる。

ベントリーは、取り調べのときの彼にしては珍しく、極めて穏やかに聴取を始めた。

「だが、アーサーは戦場で命を落とし、戻らなかった。その上、彼の死を知ったあんたの娘は……」

「農家に嫁いでいた娘は、牛小屋で首を括ったそうだ。先方が娘の死を悲しんでくれたことが、せめてもの慰めだったがね。娘はアーサーが王子様よろしく自分を迎えに来てくれる日を、信じて待っておったんだ。それだけが、心の支えだったんだ」

「だから先生、あんたは男爵に復讐《ふくしゅう》することを思いついたんだな？　だからこそ、男爵がロンドンに移り住むときも、ついてきた」

ラッセルは、人の好《よ》さそうな笑みを浮かべ、しかし暗い眼差しで頷《うなず》いた。

「そうだとも。ずっと機会を窺《うかが》ってきた。最初の頃は、殺してやろうと思っていたさ。娘の仇討《あだう》ちをしてみせると意気込んでね」

「最初の頃は？」

ラッセルの供述を一言も漏らさず書き留めようと奮闘しながら、エミールは思わず声を上げる。

ベントリーも、意表を突かれた顔をして、ラッセルを問い質《ただ》した。

「どういうことだ？　最初の頃は殺してやると思ってたってことは、交霊会の夜は、殺すつもりはなかったってことか？　だが、実際、あんたは男爵を手に掛けたんだろう？」

するとラッセルは、「あんたたちが信じるかどうかはわからんが、これは本当の話だ。聖書の上に手を置いて宣誓してもいい」と真剣そのものの顔つきで言った。

ベントリーは、がっちりした肩を揺する。

「まあ、そりゃ聞いてから判断するこった。あんたが正直に話してくれる限り、聞く耳は持つさ」

「ならば言うが……」

ラッセルは、やるせないといった淡い笑みを浮かべ、自白を始めた。

「娘の死後、僕は主治医として男爵の傍近くありながら、ずっと彼を殺す機会を窺っておった。しかし、なかなかそれは果たせなんだ。所領のお屋敷には使用人がたくさんいて、いつも誰かの目があった。毒殺も考えたが、男爵の周りに、毒を盛れるような奴は僕しかおらん。あっという間に足がつく。そうこうしているうちに時間が経ち……」

「やる気が薄れたとでも？」

「いや。男爵が、お変わりになったのだ」

「ああ、痩《や》せて弱ったってことかね」

「それは結果に過ぎない。男爵は、ご自分が大切なものを失うことなど、それまで考えたこともないお方だったんだ。手塩にかけて育て上げた跡継ぎが、初陣で死ぬなんてことは、あの方の人生設計には起こりえないことだった。その上、ドイツ軍が戦闘機から爆弾を落として、お屋敷を半分も吹っ飛ばしていった。弱り目に祟《たた》り目だ。使用人もたくさん戦死した」

「……色々失ったのは、男爵だけじゃあるまいよ」

「あの方にとっては、それは大きすぎる衝撃だったんだ。家柄と金さえあれば何でも叶《かな》うと思っていた人が、失ったものを何一つ取り戻すことができなんだ。そのことが、男爵の身体と心を打ちのめした。僕の目の前で、男爵はみるみる弱っていった」

ベントリーは、腕組みして唸《うな》った。

「それを見て、憐憫《れんびん》の情でも湧いたか？　殺すのはやめにしたのか？」

ラッセルは両手を軽く広げてみせる。

「放っておいても、あの調子で弱っていけば、長くはあるまい。殺す必要などないことは、主治医の僕が誰よりもよくわかっていた。男爵は、すでに罰を十分に受けたんだ。……それでも僕は、気が済まなんだ。僕を義父《ちち》と呼びたいと言ってくれたアーサーと、そんなアーサーを一途《いちず》に愛して後を追った娘の無念を思い知らせたかった」

ベントリーは、もはや問いを発することもせず、ただ視線で続きを促した。ラッセルの幾分奥まった目は、泣いているのか、充血している。

「その思いを、僕はルイスに打ち明けた。殺すつもりはない。けれど、一度でいい、アーサーとオードリーへの謝罪の言葉が聞きたいとね。ルイスは、そんな僕の気持ちを理解してくれて、アイデアを出してくれた。……交霊会だ」

「交霊会を開くってのは、ルイスの発案だったんですか？」

思わず問いを挟んだエミールに、ラッセルは頷いてみせた。

「ルイスもまた、男爵に不肖の息子扱いされて、辛《つら》い思いをしてきた子だからね。彼は、交霊会でアーサーの幽霊を呼ぼうといえば、今の男爵ならきっと気乗りすると言ってくれたんだ。でも、アーサーの幽霊など来るはずがない。僕が幽霊に扮《ふん》して、彼の言葉を男爵に聞かせれば、きっと男爵は戦《おのの》いて、己の罪を悔いるだろうとな」

「それで、知り合いのハミルトン先生と、デ……ローウェルさんを交えて、交霊会を開いたんですね？」

「ああ。食事中に男爵とルイスが口論になったのは、予定外のことだった。心配したが、ルイスはちゃんと役目を果たしてくれた」

エミールは、ペンを止めてラッセルを見る。

「ルイスの役目っていうのは？」

「窓の外から幽霊のメッセージを聞いていて、ほどよいタイミングで窓を開け放つことだよ。掛け金は、あらかじめ僕が外しておいた。あとは手はずどおりに……」

「おいおい、待った」

ベントリーは立ち上がり、机を回り込んでラッセルに近づく。

「手はずどおりじゃねえだろが。あんたは結局、男爵を刺し殺した。違うか？」

「……それは」

「それは？」

「僕は本当に、彼を懲らしめるだけのつもりだった。上手《うま》い具合に風で蠟燭《ろうそく》が消えてくれたが、そうでなければ、ドサクサに紛れて吹き消すつもりだった。真っ暗な中で、男爵の車椅子のクッションに、ペーパーナイフを刺すだけの予定だったんだ。ただの脅しだよ」

「まさか、手元が狂ったとでも言うつもりか？」

「本当に脅しに使うだけのつもりで、アーサーの私物入れから、彼が戦地で使っていたペーパーナイフを持ち出し、隠し持っていた。けれど……アーサーの幽霊が、父親を心の底から憎むと言ったんだよ。それを聞いたせいで……」

「待て待て。何の話だ？　まさか、ウィジャボードのメッセージのことを言ってるんじゃあるまいな。ありゃ、あんたが動かしてたんじゃないのか？」

ラッセルは、机の上で両手の指をかたく組み合わせ、傍らに立つベントリーの不審げな顔を見上げた。口調は淡々としているが、その目には明らかな畏怖《いふ》の念が宿っている。

「あんたがた警察が信じようと信じまいと、こりゃ真実だ。途中から、僕は何もしていない」

「なんだと？」

「最初こそ、僕が幽霊のふりをして、そっとブランシェットを動かしていた。メッセージも、前もって考えてあったんだ。愛し合う二人の若者の死、その責任を感じろ、己《おの》が罪を告白し、心より謝罪せよ……とね。それなのに、僕の意思とは関係なく、ブランシェットは動き始めた。『僕はあなたに殺された』とブランシェットが綴《つづ》ったとき、猛烈な恐怖に襲われたよ。あれは、僕じゃない」

「……まさか、そんな」

エミールは息を呑《の》む。

「おそらく、窓の外で聞き耳を立てていたルイスも、ハミルトンが読み上げる死者のメッセージが当初の予定とまったく違うことに、驚き恐れただろう。僕の恐怖は、ブランシェットが『心の底から憎む』と綴ったとき、最高潮になった」

「そしてあんたは……」

「僕は思った。これは本当に、アーサーの恨みなんだと。それはアーサーを心から愛した娘の恨みでもあるに違いない。やはり男爵を殺さなくてはならないと思った。そして……」

「横にいる男爵を探り当て、車椅子を倒して、男爵の胸を刺したと？」

ラッセルは、静かに頷いた。上着の内ポケットから、ハンカチでグルグル巻きにした包みを取り出し、机の上で開く。

現れたのは、血染めのペーパーナイフだった。何の変哲もない、極細のナイフだ。

「娘が死んでから、何度も男爵を殺す夢を見た。だから、驚くほど身体はひとりでに動いた。気付けば……夢で幾度も繰り返したように、男爵の胸を刺し、ペーパーナイフをポケットに隠していた」

ベントリーは、険しい面持ちで詰問した。

「どうして、その場で自首しなかった？」

「アーサーと娘の墓前で、報告したかったからだよ。その猶予がほしかった」

告白はこれで終わりだと告げるように、ラッセルは両の手のひらを合わせる。

「……にわかには信じられんな」

ベントリーは呻《うめ》いた。それは、調書を取り続けるエミールにとっても同じだった。

エミール自身は、幽霊はいるかもしれないと思っている。けれど、犯罪の容疑者に、

「幽霊のメッセージに従って人を殺した」と供述されたのは初めてだ。

しかも、ラッセルは極めて真摯《しんし》で、嘘をついているようには思えない。

そもそもそんな嘘をついたところで、彼が殺人を犯した事実に変わりはなく、死刑は免れないだろう。罪から逃れたいなら、医師である彼なら、もっと巧妙なごまかし方を思いついたはずだ。

ベントリーも同じ考えに至ったのだろう。彼は厳しい声で、ラッセルに念を押した。

「あんたがここで語ったことは、そのまま裁判のネタになる。嘘を告白するなら今しかないぞ」

しかし、ラッセルは静かに告げた。

「嘘はない。すべて厳密に記録し、世に出してほしい。すべてを……そう、ウィジャボードに現れた、アーサーの呪詛《じゅそ》の言葉もすべて。それが僕の、最後の望みですよ。彼が死の世界から送った呪いの声を、警察に、裁判所に……この国の歴史に残してほしい。父親と戦争に殺された哀れな若者の声を、この世に刻んでほしいんだ」

厳かな託宣のようなその声を、ベントリーとエミールは、複雑な、やるせない思いで

ただ聞いていた。

取り調べの途中、小休憩でベントリーが部屋から出ると、廊下でデリックが待っていた。

ベントリーは煙草をくわえ、片手を上げて挨拶《あいさつ》する。二人は廊下を歩きながら話を始めた。

「ご希望どおり、小窓から取り調べを覗《のぞ》いたご感想はどうだい、先生」

「興味深い。それに、調べてほしいことが増えましたよ、警部」

「おいおい、警察を振り回す医者は、容疑者だけにしてもらいてえな」

デリックの返事に、ベントリーは軽く咎《とが》めるように眉《まゆ》を上げる。それに構わず、デリックは言った。

「医者しか思いつけないこともありますよ。特に、医者が相手のときは。今回だけは、俺の推理に乗っかってみても、損はしないんじゃねえかな」

「まあ、既にあんたの口車に乗って、管区の警察官を走らせてるからな。毒を食らわば皿までってのも、たまには悪くねえ。何を考えて、何をしろってのか、手っ取り早く聞かせろや」

「了解。実はラッセルの話を聞いていて思いついたんですがね……」

取調室に残ったエミールは知らないところで、老練な刑事と若き検死官は慌ただしく

「密談」を始めた……。

それから三時間ほど後。

別の取調室では、エミール立ち会いのもと、検死官のデリックがルイス少年と向かい合って座っていた。

また殺人の疑惑について追及されると思っているのだろう、ルイスはグッタリした様子で、デリックの顔を見ようともせず項垂《うなだ》れている。

そんな少年の目の前に、デリックはソルジャーベアをそっと置いた。

ゆっくりと顔を上げてそれを見るなり、少年はひっく、としゃくり上げた。

昨日と同じような反応だ。小さな熊のぬいぐるみは、少年の心を酷《ひど》く揺さぶるらしい。

デリックは、穏やかに言った。

「俺は刑事じゃない。だから、取り調べをしたいわけじゃないんだ。ただ、似たような熊を持って戦場に行った人間として、お前さんと話がしたい」

そう言いながら、自分の熊……デューイを取り出して、机の上に載せる。

兄を偲《しの》んで泣きながら、少年はデリックのソルジャーベアを見て、驚いたようにデリックを見た。

そこで初めて、彼はデリックの顔の傷痕《きずあと》に気付いたらしい。視線が、そこからびくとも動かなくなる。

デリックは決まり悪そうに笑って、左のこめかみから頬まで走る長い傷痕を、指先で撫《な》でた。

「俺も熊も酷いだろ?」

少年は痛ましそうにデリックの傷痕と彼のボロボロの熊を交互に見てから、兄のソルジャーベアをそっと両手で包み込んだ。

「おじさんは、誰ですか?」

「元兵隊だ。お兄さんのその熊には、名前があんのか? それが知りたくてな」

意外な雲行きにしばらく戸惑っていた少年は、デリックの顔の傷痕を見て答えた。

「ルパート、です」

「やっぱりそうか! 名前のわからない熊は、ルパート呼びで確率七割だな!」

デリックはそう言って屈託なく笑う。ルイスは、意外そうにデリックを見た。

「そうなんですか?」

「ああ。戦地での熊の名前はやたらルパートが多かった。俺の分隊だけかかな」

取調室で声を上げて笑う人間は、滅多にいない。デリックのざっくばらんな態度に少し気持ちが解《ほぐ》れたのか、あるいは亡き兄と同じような戦場にいた人間が珍しいのか、ルイスはデリックに問いかけた。

「あなたの熊もルパート?」

デリックはやはり笑顔のままで否定する。

「いや、俺の熊はルパートじゃない。デューイっていうんだ」

「デューイ？」

「兄貴の名前だ。俺がこいつと戦場に行った頃、兄貴は兵隊になるのを嫌がって、刑務所にぶち込まれてた」

少年は困惑顔に戻ったが、エミールもまた、大いに戸惑っていた。デリックがいったい何をしたいのか、何を語りたいのか、さっぱりわからなかったからだ。

しかしそんな二人をよそに、デリックは楽しげに話を続けた。

「俺はそんな兄貴のせいで近所からボロカス言われて、そりゃ迷惑したもんさ。熊に兄貴の名前をつけたのは、いわば腹いせみたいなもんだ。兄貴の代わりに、戦場で引きずり回してやるぞってな」

ルイスは、やはり視線をデリックの傷痕の上に彷徨《さまよ》わせながら口を開いた。

「嫌いなお兄さんの名前を、熊につけたんですか」

「そのつもりだった。けどやっぱり俺は兄貴が好きだったらしくてさ。しまいには兄貴の名前のこいつが心のよりどころになって、一緒に爆弾で吹っ飛ばされた。今は仲良く、二人して傷ものだ」

家族ってのは複雑なもんだよな、と軽い口調で付け足して、デリックはニッと笑う。

しかしルイスは、不愉快そうに青白い顔を歪《ゆが》めた。

「僕は、父が嫌いです。オードリーと兄さんは本当にお似合いの二人だったのに、身分が違うなんて時代遅れな考えで、父は引き離してしまった。兄さんは父の命令で無理矢理戦地へやられて死んでしまったし、オードリーも……」

「気の毒だったな。戦争さえなきゃ、駆け落ちでも何でもできただろうに」

「父さえいなければ、です。父は、僕にだって酷かった。兄さんが生きていた頃、僕は要らない子でした。せめて女の子なら嫁に出してしまえばよかったものを、男がこれでは話にならん。ずっとそう言われて馬鹿にされてました」

デリックは、ただ頷《うなず》く。ルイスは堰《せき》を切ったように、ずっと胸の内に押し込めていたのであろう想いを吐き出した。

「兄さんが死んでからは、父は急に、僕に跡継ぎとして成長しろって言い始めました。ずっと、僕は要らない子だったのに。急に兄さんみたいに立派になれ、賢くなれって言われても無理です。なのに、父は僕が兄さんになれないことに凄《すご》く腹を立てていました。結局僕は、僕のままでは父に一生認めてもらえないんです。凄く悔しくて、悲しくて。だから僕は、オードリーのことで父を恨んでいるラッセル先生と、父をこらしめるために交霊会を開くことにしたんです」

「こらしめるどころか親父さんは死んだわけだが、どうだ？　スッキリしたか？」

「……デリック！」

エミールは、押し殺した牽制《けんせい》の声を出す。しかしデリックは、「もう少しだけ」と声を出さずに唇の動きで伝え、少年の返答をじっと待った。

デリックのストレートな質問にショックを受けたらしいルイスは、かなり長い沈黙の後、手の中のソルジャーベアを見つめ、こっくりと頷いた。

「母はとても優しいから、父の死を悲しんでいます。でも……僕は後悔してません」

「そうなのか？」

「はい。自分でも不思議なほど、心は痛みません」

落ちついた声とは裏腹に、その目からは涙が零《こぼ》れる。落ちた涙は、手の中の熊に染み込んだ。

「この熊は、オードリーから預かって、僕が戦地に送りました。無事に帰ってきてほしいっていう気持ちを込めて。何でもできて立派な兄さんのことを、いつも羨《うらや》んで妬《ねた》んだけど、それでも僕は、兄さんが大好きでした」

「……わかるよ。俺も、いい子で頭がよくて絵の才能があって、誰からも褒められる兄貴が羨ましくて鬱陶《うっとう》しかった。けど、結局好きなんだよなあ」

「……はい」

微笑んで頷いた少年に、デリックはもう一度、問いかけた。

「本当に、親父さんが結果として命を落とす羽目になった計画に荷担したことを、後悔してないか？」

「残念ながら、少しも」

そうかと頷いて、デリックはいきなり立ち上がった。机越しに、ルイスの細い顎《あご》を左手でグイと摑《つか》む。

「いたッ」

「ちょっと、デリック！」

声を上げたエミールに構わず、デリックは少年の顎を固定したまま、その目を覗《のぞ》き込んだ。少年は必死になって逃れようとするが、デリックは手の力を決して緩めない。

「お前が人の目を見ないって話を兄貴に聞いたときから、ちょいと気になってた。こうしてラッセルの目を見て語りかけたか？　綺麗《きれい》な目だ。覗き込まれちゃ、つい見返しちまうだろうな。ずいぶん瞬《まばた》きも我慢できるようじゃないか」

「な……ん、の、話ですか」

「催眠術からの、暗示」

簡潔にそう言って、デリックは少年の顎を解放し、どっかと椅子に座った。

「どういうこと？」

戸惑うエミールをよそに、突然、取調室に入ってきたベントリーが、机の上にドサリと本を置いた。重厚な革表紙には『催眠術のすべて』と金文字で書かれている。

顎を押さえ、椅子の背もたれにしがみついている少年を厳しい面持ちで見下ろし、ベントリーは苦い声で言った。

「お前の部屋にあった本だ、小僧。お前、ずいぶん催眠術の練習をしたようだな。結果を書き付けた研究ノートも押収したぜ。メイドに母親、庭師、家庭教師……周りの人間が練習台か。感心するほど熱心だ」

「な……んの、ことだか」

「お前は、幼い頃から父親に存在を否定され、貶《おとし》められて、ずっと傷ついてきた。そんなお前と、娘を男爵に殺されたも同然のラッセルが、男爵に対する憎しみを共有するようになったのは、自然な流れだろうな」

自分を見下ろして淡々と語るベントリーを憎らしそうに見上げ、ルイスは言い返す。

「それが、何だっていうんです。憎むだけなら、勝手じゃないですか」

その態度は、さっきまでとはまったく違っていた。どうやら、怯《おび》えた様子は演技だったらしい。今、少年の神経質そうな顔に浮かんでいるのは、明らかな怒りだった。

ベントリーは、あっさりと頷いた。

「そうだな。お前は他力本願で、ラッセルが男爵を殺してくれるんじゃないかとずっと期待して待っていた。違うか？　しかし、それは叶《かな》わなかった」

「………」

「やっと殺害計画を打ち明けるのかと思いきや、まさかの『懲らしめる』に降格だ。確かに男爵の死期は近そうだ。だが、それじゃお前の恨みは晴らせない。兄さんの仇《かたき》も討てない。苛《いらだ》立ったお前は、ついに自分で親父の殺害計画を立てた。ただし、てめえの手を汚さない方向でな」

エミールは、信じられないといった顔つきで上司を見た。

「警部、まさか、この子がラッセルに催眠術をかけて、男爵を殺害させたとでも？　そんなこと、できるはずが」

ベントリーの代わりに答えたのは、デリックだった。

「勿論《もちろん》、すべてを催眠術と暗示で片付けるのは無理だ。だから、警部どのに大至急でいくつか調べたり確かめたりしてもらった。……お前、頭がいいな。そのおつむを、他のことに使えりゃよかったのにな」

冷ややかにそう言って、デリックは少年が何か言おうとするより先に言葉を継いだ。

「催眠術ってのは、万人にかかるもんじゃない。相手の性質と精神状態が肝だ。素直な人間、心が疲弊した人間にはかかりやすいらしいぜ」

デリックはそう言って、少年の目の前に自分の懐中時計をぶら下げ、ゆっくり振ってみせた。

「こうして道具を使えば、ラッセルだって医者だ。自分が催眠術をかけられそうになってると気付いただろう。だが、お前は時計の代わりに自分の目を使った。内気すぎて他人と目を合わせられないって性質を、逆手に取ったんだ」

ルイスはふて腐れたような顔でそっぽを向く。デリックは構わず話し続けた。

「普段、視線を合わせない人間が、不意に目を覗き込んでくると、相手はドキッとして、滅多に見られないその瞳《ひとみ》に見入ってしまう。催眠術師はよく振り子を注視させるが、この方法だとそんな小物は要らない。いざというときに視線を合わせるだけで、自分の目が振り子の代わりになるんだ。視線を合わせ続け、緊張を解《ほぐ》すような上手《うま》い語りかけをすることで、催眠状態へ導いていったんだろう」

　エミールは、なおも盛んに首を捻《ひね》る。

「わかるような気がするけど、それは単に催眠状態にしたってことだよね。それだけじゃ、人を殺させるなんて無理だろ」

「エミール、あんたはいい聴衆だな」

　デリックは懐中時計をポケットにしまい、少年を見やった。

「そもそもラッセルは、男爵への恨みという共通の感情をこいつと分かち合ってきた。ある意味、心の絆《きずな》のようなものが形成されている。おそらくこいつは、そんなラッセルを幾度か睡眠状態にして、『お前は本心では男爵を殺したいはずだ』と繰り返し言い聞かせたんだろう。それが第一段階ってわけだ」

「せっかく薄れていたラッセルの殺意を、まずは甦《よみがえ》らせたってこと？」

「そう、燠火《おきび》に薪を足すようなもんだ。そして仕上げに、『ある言葉を聞くと、お前はこのペーパーナイフを男爵の心臓に突き立てる』という暗示をかけた。殺意のない人間に殺人を行わせるのは不可能だろうが、殺意がある、あるいはそう思い込まされている人間になら、掛かりうる暗示だ」

「待って、その言葉って……まさか」

「そう、ブランシェットが綴《つづ》った最後の言葉。『DETEST』……『心の底から憎む』だ。

そんな強い言葉は、滅多に使われない。かなり強力な引き金だ」

エミールは、困惑しきりで「でも」と、ついさっきの取り調べの内容を口にしてしまった。

「確かにラッセルは、その言葉を聞いた瞬間、ひとりでに身体が動いて、男爵の胸を刺してたって言ってた。だけど同時に、ウィジャボードのブランシェットは、途中からは彼が動かしてたわけじゃないって言ってたじゃないか。アーサーの幽霊が発するメッセージだって、信じきってたよ？　まさか、彼に自分で無意識にブランシェットを動かすなんて暗示までかけてたの？　それはいくら何でも無理がある」

「……そうですよ。あなたの仰《おっしゃ》ることはただの推論だし、デタラメです」

ルイスはさっきまで青ざめていた顔を紅潮させ、デリックに抗議した。だが、上擦った声音が、デリックの推理があながち外れていないことを何より雄弁に証明している。

デリックは、少しも動じずエミールにこう言った。

「ばーか、あんたの記憶力はザルかよ。もう一人、動ける奴がいただろ？」

「ハミルトン！　だけど、ハミルトンに男爵への恨みはないはずだよ」

デリックはニヤッとし、ルイスの顔はみるみる強張《こわば》っていく。

「そのとおり。おそらく、親父を診察に来たハミルトンと話して、こいつは使えると踏んだんだろう。単純で気の良いオッサンだからな。医院の記録によりゃ、ルイス、お前は交霊会の三日前、ハミルトンの往診を受けてるな。虚弱体質の改善依頼とやらで」

「これは推測だが、そのとき、お前はハミルトンに交霊会の本当の主旨を打ち明けた。男爵に、アーサーの死に責任があると認めさせ、罪を懺悔《ざんげ》させることで、気持ちに区切りをつけさせる荒療治だ、なんて感じでな。だが、計画を主導するラッセルは大根役者で、上手い芝居が期待できない。だから、ラッセルが予定どおりブランシェットを動かし始めたら、彼には内緒で邪魔を……つまり、ラッセルが知らないメッセージを綴ってくれと頼んだんだ。ラッセルはきっと驚愕《きょうがく》するから、芝居に真実味が生まれるとね。俺ならきっと、そんな風に焚《た》きつける。健気な少年に頼られて張り切ったハミルトンは、より交霊会の雰囲気を盛り上げるために兄貴まで動員したってわけだろう」

エミールは呆然《ぼうぜん》として、少年とデリックの顔を何度も交互に見た。

「じゃあラッセルは、それを知らずに……」

「そうだ。仰天しただろうさ。きっと予定では、もっと穏やかなメッセージを綴ることになっていただろうに、ブランシェットが強烈な恨みを綴り始めたんだからな。ハミルトンは芝居っけたっぷりにメッセージを読み上げただろうし、兄貴は何も知らないからただビビってる。ラッセルはさぞ混乱し、動揺しただろうな」

それまで黙って聞いていたベントリーが、ボソリと口を挟む。

「本当にアーサーの霊が怨嗟《えんさ》の声を上げたと思い込んでも無理はねえな。死んだ娘のことも思い出したろう。殺意だって、催眠術で煽《あお》られた以上に甦ったかもしれねえ」

デリックは頷《うなず》き、低い声で言った。

「そこで、ハミルトンがルイスに頼まれたとおり、無邪気にトリガーになる言葉を綴り、口にしちまった。『DETEST《心の底から憎む》』と
「ラッセルにかけられた暗示を発動させるキーワードってことだな」」

「そうだ。そこで様子を外から見守っていたこの坊ちゃんが、窓を開け放ち、夜風で上手い具合に蠟燭《ろうそく》の火が消えた。あとは……ご存じのとおりだ。ラッセルが言ってた、ひとりでに身体が動いたってのは、そういう顚末《てんまつ》なんだろうさ」

「そんな……」

呆然とするエミールをよそに、デリックはルイスを冷徹な目で見据えた。

「なあ、坊ちゃん。俺は何か間違ったか？」

ルイスはやはりデリックを見ようともせず、口を尖《とが》らせて開きなおる。

「全部正解だとしても、僕を罪に問うことはできない。証拠は何もないもの」

信じられない発言に、エミールは目を剝《む》いた。

「じゃあ、本当に、君がやったの？」

「いいえ、やったのはラッセル先生ですよ。僕は、窓を開けただけです。そんなの、罪じゃないですよね」

「そんな……ッ」

立ち上がり、やり場のない怒りに身を震わせるエミールに歩み寄ると、その肩をポンと叩《たた》いて宥《なだ》め、デリックは厳しい顔のままで同意した。

「そのとおり。証拠はねえ。だが、他人を利用して実の父親の命を奪ったって事実は、お前さんの心の中に居座り続ける。それは、一生つきまとう罪だ。今は平気でも、いつかはきっとお前さんの心を食い荒らして、大きく育って顔を出す」

「……そんな脅しは聞きたくないです」

「脅しじゃない。お前さんは法じゃなく、神様と自分に裁かれ、罰せられる道を選んだわけだ。俺は刑事じゃねえから、それで全然構わない。お前さんの勝手だ」

「デリック、何てことを言うんだよ！」

エミールは今度はデリックに食って掛かったが、デリックはそれを軽く受け流した。

「だって本当のことだからな。けど、俺の推理、当たってたろ？」

「おおむねは。あと、僕が自首したのは、ラッセル先生が慌てて自分の罪を告白してくれると思ったからですよ。警察の手間を省いてあげたんです」

平然とそう言ってのけるルイスに、デリックはさすがに吐きそうな顔で舌打ちしたが、すぐに獣が獲物を狙うような目つきをして、再び口を開いた。

「ところでな。死ぬ前に、親父さんは言ってたそうだ。『わたしは、みずからの意志で進むべき道を選び、戦う人間を尊重する』ってな」

ルイスは、吐き捨てるように言った。

「父が言いそうなことです。そうやって他人を踏みつけにしてきた人だ」

だがデリックは、サラリと言った。

「お前さんは今まさしく、そういう人間じゃないか」

「えっ……？」

「お前さんは自分で計画を立て、他人に手を汚させて、まんまと親父を殺した。大した度胸だよ。憎み続けた親父との血のつながりを、今、最高に感じてるんじゃねえか？」

デリックの指摘に、少年は息を呑《の》んだ。戦慄《わなな》く両手で、自分の顔の造作を探る。

それは、自分の姿を知らずに育った怪物が、初めて鏡を見たような反応だった。

「皮肉なもんだが、あんたは父親の命と引き換えに、父親がそうなってほしいと願っていた人間、つまり父親そっくりの人間になったのかもな。さて、この結末は、勝利か敗北か。ま、判断はお前さんに任せるわ」

冷ややかにそう言ったデリックは「さて、さすがにそろそろ喋り過ぎかな。じゃあな」とおどけて手を振り、取調室を出ていってしまう。

後には、言葉も発せず、ただ延々と自分の顔をまさぐり続ける少年と、沈黙する刑事二人が残されたのだった……。


その夜、ケイが作ったポロ葱《ねぎ》とジャガイモのグラタンを食べながら、デューイは、食事を始めてから五回目の溜《た》め息《いき》をついた。

数時間前、デリックと電話で会話してからというもの、ずっとそんな調子のデューイを見かねて、ケイは思いきって声をかけた。

「あの、大丈夫ですか？　もしかして、美味《おい》しくないですか？」

　デューイはハッとして答える。

「いや、とても美味しいよ。すまない、味の感想を言うのを忘れていたね」

　ケイは慌ててかぶりを振る。

「そんなのはいいんです。だけど、デューイさんが元気なさそうだったから」

「あ……ああ、心配させてしまってすまない。さっき、デリックにとても悲しい話を聞いたものだから」

　ケイは小鳥のように首を傾げる。

「悲しい話？　またこの前の、交霊会のことですか？」

「うん、まあね」

　少年に事件の詳細を語ることはせず、デューイはしみじみと言った。

「戦争は、色んな人の人生を変えてしまった。ほとんどは悪いほうにね。そして、今もまるで底なし沼みたいに、人を闇の世界に引きずりこんでいる」

　君と僕は、危うく這《は》い上がれたわけだけれど、とそっと付け加え、デューイは軟らかく煮えた太いポロ葱をフォークで突き崩す。

　だが、それ以上その話を続けることなく、彼は話題を変えた。

「君のほうは？　学校はその後どうだい？」

　ケイは少し考えてから、小さく肩を竦《すく》めた。

「相変わらずです」

「どういうふうに？」

「苛《いじ》めっ子《こ》たちは僕を苛めるし、傍観する子たちはただそれを見ているし、担任の先生は時々注意してくれるし……ああでも、やっぱり変わりました」

「うん？」

「今日も、僕がけなされていたら、アナベルが僕の分も怒ってくれました」

それを聞いて、デューイの頬がほころぶ。

「あの子は本当に頼もしいな。……しかし、学校での苛めについては、君はわたしにまだ言っていないことがあるね、ケイ」

「……え？」

キョトンとする少年に、デューイはごく淡々とした口調で言った。

「この前、アナベルの擦り傷の手当をしているとき……彼女は教えてくれたよ。苛めっ子たちが君を苛める理由の一つに、わたしの存在があると」

「……それは！」

ケイはあからさまに焦って何か言おうとする。それを片手で柔らかく制止し、デューイは自分の話を続けた。

「養い親が徴兵拒否で服役したことが、君の学校生活に影を落としているのはつらい。申し訳ないとも思う。だから、わたしを詰《なじ》ってくれてもよかっ……」

「違うんです」

ケイは、デューイに皆まで言わせず、こう断言した。

「言えば、今みたいにデューイさんを悲しくさせるから。デューイさんは、もう悲しむ必要はないから、言わなかったんです」

「ケイ……」

「自分の人生をどう決めようと、その人の自由だと思います。選んだ道がこの国のルールに反していたから、デューイさんは服役して、ちゃんと責任を果たしました。だから、徴兵拒否について何を言われても、僕は気にしません。相手にもしません。間違っているのは、苛めっ子たちだから」

一息にそう言ってニッコリ笑うケイの顔には、無理をしている様子はない。

養い子の強さに救われている自分を感じ、デューイは酷《ひど》く情けない、けれど同時に誇らしい思いが入り交じって、何とも複雑な表情で頷《うなず》いたのだった。

食後、居間のソファーに並んで座り、各々本を読んでいるとき、ケイは再び学校の話を持ち出した。

「さっきの話の続き……みたいなことなんですけど」

「うん？」

デューイは本を閉じ、身体を軽くケイのほうに向ける。

「晩ごはんを食べているときから、ずっと考えていました。苛めっ子たちが、僕に投げかける言葉の中で、いちばん理不尽なものはなんだろうって」

心配そうな顔で、デューイはケイを見る。

「家でまで、受けた悪口について考えるのは、気分が悪いだろうに」

「でも、考えたほうがいいことだと思ったから」

「……それで、いちばん理不尽なのは何だったんだい？」

「やっぱり、お母さんの国のことかな」

「日本のことか」

ケイは頷き、自分の手の甲を……母親の血を感じさせる、ほんのりと黄色みを帯びた、象牙《ぞうげ》色の肌を見下ろした。

「クラスメートが『東洋人』とか『日本人』とか、とにかく僕がアジア人の血を引いていることをからかいや悪口のたねにする気持ちが、僕にはわかりません。でも、それはクラスの子たちだけではなく……」

「お父さんの家でも、だね」

デューイに水を向けられ、ケイは悲しげに目を伏せた。

「祖母はいつも、母のことを『あの女』と呼び、母には自分を『奥様』と呼ばせました。僕が『お祖母《ばあ》様』と呼ぶことは許してくれたけれど、他人に僕のことを話すときは、僕はいつだって『あの女の息子』でした。何故、みんなそうなんだろう。違う国から来た、肌の色が違うって、そんなにいけないことなんでしょうか？」

真摯《しんし》な疑問を、デューイは即座に否定する。

「そんなわけがない。だって、生まれる場所と親を選べる人間は誰もいないんだからね。僕はあまり神様を熱心に信じてはいないけれど、すべては神の采配《さいはい》、つまり、どこで誰の子に生まれつくかなんてことは、単なる偶然に過ぎないということだ」

何でもズケズケと話すデリックと違い、デューイは普段、慎重に言葉を選び、穏やかな表現を心がけている。しかし今、彼は敢《あ》えて強い表現で憤りを表した。

「そして、肌の色が違うから、話す言語が違うから、生活習慣が違うから……そんなことで人を差別し、見下すのは、何よりも愚かで醜悪なことだよ。少なくとも、君のご両親はそれをちゃんと知っていた。だからこそ彼らは婚姻という絆《きずな》を結び、君が生まれてここにいる」

「それはわかってます。だけど……」

ケイは、黒い瞳《ひとみ》を僅《わず》かに潤ませ、デューイの緑色の瞳を覗《のぞ》き込んだ。

「僕は、お母さんのことも、お母さんの生まれた国のことも、そこにいる人たちと半分同じ血を持っていることも、恥じてはいません。デューイさんの言うとおり、それは単なる偶然だから、自慢の種にする気はないけど、誇りには思っています」

「ああ」

「だけど、あまりにもたくさんの人が同じことを言うから、時々不安になるんです。僕のほうがおかしいのかなって」

「……わかるよ。その気持ちは、痛いほどわかる」

「デューイさんは、ロンドンで、白人のご両親のもとに生まれたのに？」

デューイはケイの黒髪を撫《な》で、穏やかに微笑んだ。ケイの頭を離れた手が指したのは、自分の右足である。

「徴兵拒否をしたとき、わたしは生まれて初めて『少数派』になった。同じ年齢の若者の多くは志願兵として戦場へ行ったし、徴兵に文句を言うものは、少なくとも表向き、誰もいなかった。人を殺したくないから徴兵には応じない、そう表明した瞬間、それまで陽だまりのようだった世界が、突然凍《い》てついた。私に笑いかけてくれていた人たちが、目も合わせなくなった。これまで友達だと思っていた人たちが、わたしとのかかわりを人生の汚点だと言い始めた」

「………」

ケイは無言で、ただデューイの手を取った。氷のように冷たい手を温めるように、自分の柔らかな手で包み込む。

「自分の信念を曲げることは一度もなかったけれど、ただひたすら怖かったよ。自分が思う正しさを貫いただけなのに、そのせいでわたしのすべてを否定された。徴兵を拒否したことだけではなく、すべてだ。わたしの描いた絵を好きだと言って買ってくれた人たちが、穢《けが》らわしいものとして、庭先でわたしの絵を焼いた。その灰を、うちに送りつけてきた人たちもいる」

「そんな酷いことまで」

ケイは、我がことのように幼い顔を歪《ゆが》ませる。デューイも、涙をこらえて目を閉じる。

「両親はそんなわたしを拒まずにいてくれたけれど、それでもいつも辛《つら》そうだった。弟のデリックも……わかるだろう？」

「……はい」

「時間だけはたっぷりあったから、夜ごと、独房の中で考えた。もしかしたらわたしの信念は禍々《まがまが》しいものなのだろうか、だからこそ皆があんなにわたしを憎むのだろうかと。わたしの存在は、人の和を乱し、わたしが愛する人々を不幸にするだけなのではないだろうかと」

「そんなことは！」

「過酷な環境で労働や孤独を強いられることより、その迷いが何よりつらかった。自分で自分の存在価値を疑うことほど、つらいことはない。だからこそ、今の君の気持ちが、わたしには我がことのようにわかる。あの頃のように、心が痛いよ」

「でも、デューイさんはそれを乗り越えたんでしょう。どうやって？」

「結局、自分を信じるしかないんだろうね」

「どうやったら、信じられますか？　どうしたら、そんなふうに気持ちを強く持てるんですか？」

ケイに縋《すが》るような口調で問われ、デューイはしばらく沈黙した。それから、暖炉の上、マホガニーのマントルピースを指さす。

「あれを取ってきてくれるかい？」

「えっ？　あ、はい」

デューイの指が示しているのは、マントルピースの上に置かれた細長い木箱だ。ケイは困惑しながらも立っていき、すぐにそれを大事そうに抱えてソファーに戻ってきた。

「はい、どうぞ」

「ありがとう」

デューイが膝《ひざ》の上に置いた木箱を、ケイは隣に座って興味深そうに見た。

「いつもの『荷物』と違いますね。箱が新しそう」

木箱が置かれていた場所には、デューイがいつも「予期せぬ新入り」を置くことになっている。

アンティークを買い付けに行くと、時折、「これも買ってほしい」と予定外のものを抱き合わせで引き取るよう、求められることがある。

断り切れずに買わざるを得なかったそうした品物を、デューイはすぐ店の倉庫に入れることはせず、しばらく居間のマントルピースの上に置いておくのだ。

そして、時々取りだして検分し、自分の美意識に叶《かな》うか、好きになれる品物かどうかじっくり検討するのがいつものことだった。

「そのとおり。これは古いものじゃないんだ。先日、とあるお宅で代々受け継がれてきたティーセットや花瓶を買い取ったとき、一緒に手に入れた。いや、これは買ったわけじゃなく、その家の奥さんに、無料で持って行ってくれと言われたものなんだ」

ケイは不思議そうに首を傾げる。

「どうして？　大事なものを売るってことは、お金が少しでもたくさんいるんじゃないんですか？」

「そうだね。でも、この品物は、戦死したご主人が、出征前に奥さんに贈ったものなんだそうだ。見ると胸が締め付けられるから、どうか引き取ってほしい……そう言われた」

ケイは優しい眉《まゆ》を曇らせる。

「いつか後悔するんじゃないでしょうか。だって、大事な思い出の品じゃないですか」

「わたしもそう思う。でも、今は夫を失った悲しみが深すぎて、それが家の中にあるだけでもつらいという気持ちもよくわかる。だから、これは店に出さずに、預かっておくだけのつもりだよ。返してほしいと言われたら、すぐ出してこられるようにね。それにこれは新しいものだから、わたしの店にはふさわしくない。どのみち出せないんだ」

そう言いながら、デューイは木箱の蓋《ふた》を開ける。

中には、クシャクシャに丸めた新聞紙が詰まっていた。どうやら、イギリスの新聞ではないようだ。印刷された活字は、明らかに東洋の文字である。

ケイは、目を丸くしてデューイを見た。

「これ……もしかして、日本の新聞ではないですか？　母が読んでいた本の文字と似ています。角張った文字と、丸みのある文字が交じっていて」

「そう。これは日本から来た品物なんだよ。ほら」

デューイは箱の中に手を突っ込み、慎重に中身を取り出した。

それは、陶器のティーポットだった。

「持ってごらん」

デューイに促され、ケイはおそるおそる両手でティーポットを受け取る。薄手なのか、思ったよりも軽い。

ケイにティーポット本体を預けると、デューイはなお深く手を入れて、今度は蓋を取りだし、ポットのてっぺんに載せた。

それは、実に美しい品だった。

丸みを帯びたポット本体には、咲き誇る桜と湖と富士山《ふじ》、そして花見がてらの散策を楽しむ和装の女性二人と、子供がひとり、繊細な筆遣いとはんなりした色彩で描かれている。こんもりした蓋と、白鳥の首のような注ぎ口にも、桜の花びらがたくさん散らされていて、なんとも華やかだ。

「とても綺麗《きれい》です。これが、日本で作られたもの？」

デューイは頷《うなず》き、ティーポットの底をケイに見せた。

「ほら、ここに〝Nippon〟というバックスタンプがあるだろう？　これは日本《ジャパン》のことだ。日本人は、自分の国のことをそう呼ぶんだそうだ」

「ニッポン。お母さんは、この国にいるとき、自分の故郷を『ジャパン』と言っていたけど、今はニッポンって言ってるのかな」

「きっとね。このプレゼントを買ったのは、ロンドンで生まれ育った白人男性だ。それを、ヨークシャーで生まれ、ロンドンに嫁いできた白人女性に贈った。夫はそれを美しいと感じたからこそ妻へのプレゼントに選び、妻もそれを見て美しいと喜んだ。……そういうことなんだよ、ケイ」

デューイの言葉の意味がわからず、ケイはティーポットを膝に載せたまま、困惑の面持ちになる。

「そういうことって？」

デューイは、ケイとティーポットを交互に見て、優しく微笑んだ。

「このティーポットを見れば、誰だって美しいと思うだろう。こんな繊細な絵をポットに描く日本人の感性と技術を賞賛するだろう。その一方で、偏見から知りもしない日本人を貶《けな》し、理由もなく自分たちより劣ったものとみなして差別をする。人間というのは、常にそういう矛盾を抱いた生き物かもしれない」

「……はい」

「けれど、日本からもたらされる素晴らしいものに触れるうち、それを生み出す人々への敬意も、きっと生まれるはずだ。優れた人柄の日本人と接すれば、植え付けられた偏見も、薄れていくだろう。わたしは父親が骨董《こっとう》商だった関係で、日本の美術品に子供の頃から触れてきたから、日本人には尊敬の念を持っていた。そんなわたしでも、サトコに出会って、なお日本人の美徳を知り、感銘を受けたからね」

「美徳ですか？　苛《いじ》められていたのに」

「君のお母さんは、周囲からの蔑《さげす》みや理不尽な仕打ちに、ただ耐えていただけじゃない。気高く戦っていたんだ」

「気高く、戦っていた……？」

「君のご両親は……ナットがサトコを選んだように、サトコもまた、ナットを選んだんだ。彼女の意志でね。そして、彼女はそれを貫いた」

「……はい」

「夫を愛し、君を愛し、自分を軽んじる人々にも、敬意を持って、真心を尽くしていた。自分が傷つけられたからといって、相手を傷つけようとはしなかった。それは勿論《もちろん》、サトコ自身の強さであり優しさであるけれど、わたしはそれを日本人の美徳と感じた。つまり……ケイ」

デューイはティーポットをケイの手から受け取り、テーブルの上に置くと、身体ごとケイのほうを向いてこう言った。

「この国の、いやもっと小さな世界の話をしようか。君の通う学校の中では、君がただひとりの日本人の血を引く者、つまり、君が日本そのものなんだ。君を通じて、皆は日本を知り、日本を感じる」

「僕が、日本……」

「そう。勿論、国を背負うなんて重すぎるだろうし、そのせいでいわれのない偏見と戦うのも嫌だろう。誰だって嫌だ。でも、そこから逃れる術《すべ》がないなら、受けて立つしかないじゃないか。そして、わたしは、君ならそうした偏見を打ち破れると信じている」

「どうして、ですか？」

「君は、わたしが尊敬してやまない二人の……ナットとサトコの忘れ形見だから。そして、苛めに対する君の態度に感動したからだ。周囲の反対を押し切ってサトコを妻に迎えたナットの意志の強さ、つらくあたられても、決してやり返さず、気高さと優しさで応《こた》えたサトコの心の強さを、君は確かに受け継いでいる。その心は、きっとクラスの皆にもいつか伝わるはずだ」

実際、少なくともアナベルには伝わったんじゃないか、と付け加えて、デューイは笑った。ケイも、思わず照れ笑いする。

「アナベルこそ、強い人です。僕の味方なんかしたら、彼女も苛められてしまうかもしれないのに」

「それでも構わないと彼女に思わせたのは君だよ。自信を持ちなさい。周囲の評価は、絶対的なものではない。きっと変わるし、変えられる。ひとりの人間に変えられる範囲は狭いかもしれないけれど、それはいつかきっと、大きな波に繋《つな》がる。そう信じて、真っ直ぐ生きてほしいんだ。君がどんな道を選んでも、わたしはきっと君に寄り添うよ」

「デューイさん……」

「最初、君を引き取ると決めたのは、ナットを傷つけ、サトコの力になれなかったことへの、せめてもの罪滅ぼしのつもりだった。でも、今は……」

「今は？」

「君は迷惑に思うかもしれないが」

そう前置きして、デューイは照れ臭そうに目を伏せ、しかしハッキリした口調で告げた。

「希望をなくし、ただ惰性で生きていたわたしにとっては、君こそが光だ。今は心から、君が歩む長い人生の一時期を共に過ごせることを、嬉《うれ》しく思う。たとえかりそめでも、その間は君の家族でいさせてほしいと願っている」

「かぞく」

母親と別れたとき、もう二度と口にすることはないだろうと思ったその単語を、ケイは大切に、甘いお菓子を味わうように噛《か》みしめる。

「本当の家族と別れた君にとっては、厭《いと》わしい言葉かもしれないが」

「いいえ」

視線を上げたデューイの目に映ったのは、涙ぐみながらも、すべすべした頬に小さなえくぼを刻んだケイの顔だった。

「もう一度、家族ができるなんて、思ってもみませんでした。でも今、それがとても嬉しいです」

「かりそめでも？」

「お父さんとお母さんが、僕とデューイさんを結びつけてくれました。それ以上に確かな絆《きずな》がありますか？」

「……君の言うとおりだ」

そう言って、デューイはゆっくりとケイを抱擁した。ケイもまた、デューイの身体をしっかりと抱き返す。

「これまでは、これは君に数々の不幸が降りかかった結果なのだから、決して言ってはならないと自分を制してきた。けれど……君と一緒に暮らせてわたしは本当に嬉しいよ、ケイ」

温かい少年の頬に自分の冷えた頬を押し当て、デューイは囁《ささや》く。

「僕も、そんなことを言ってはご迷惑かと思っていました。でも……僕も、一緒に暮らせてとても幸せです」

囁き返したケイの顔には、とびきりの笑みが浮かんでいる。

触れ合った二人の頬を、どちらのものかわからない涙が濡《ぬ》らしていく。

窓の外では、純白の雪が、灰色の街に音もなく降り積もっていた……。

本書は書き下ろしです。
この作品はフィクションです。実在の人物、団体等とは一切関係ありません。

ローウェル骨董店《こっとうてん》の事件簿《じけんぼ》

交霊会《こうれいかい》とソルジャーベア

椹野道流《ふしのみちる》

平成29年 11月25日　初版発行
令和5年 3月15日　5版発行

発行者●山下直久

発行●株式会社KADOKAWA
〒102-8177　東京都千代田区富士見2-13-3
電話　0570-002-301（ナビダイヤル）

角川文庫 20650

印刷所●株式会社KADOKAWA
製本所●株式会社KADOKAWA

表紙画●和田三造

ISBN978-4-04-106252-4　C0193

角川文庫発刊に際して

角川源義

　第二次世界大戦の敗北は、軍事力の敗北であった以上に、私たちの若い文化力の敗退であった。私たちの文化が戦争に対して如何に無力であり、単なるあだ花に過ぎなかったかを、私たちは身を以て体験し痛感した。西洋近代文化の摂取にとって、明治以後八十年の歳月は決して短かすぎたとは言えない。にもかかわらず、近代文化の伝統を確立し、自由な批判と柔軟な良識に富む文化層として自らを形成することに私たちは失敗して来た。そしてこれは、各層への文化の普及滲透を任務とする出版人の責任でもあった。

　一九四五年以来、私たちは再び振出しに戻り、第一歩から踏み出すことを余儀なくされた。これは大きな不幸ではあるが、反面、これまでの文化が日本に根を下ろさなかったことを、そのまま日本の文化的貧困を端的に物語るものである。幸ではあるが、反面、これまでの混沌・未熟・歪曲の中にあった我が国の文化に秩序と確たる基礎を齎らすためには絶好の機会でもある。角川書店は、このような祖国の文化的危機にあたり、微力をも顧みず再建の礎石たるべき抱負と決意とをもって出発したが、ここに創立以来の念願を果すべく角川文庫を発刊する。これまで刊行されたあらゆる全集叢書文庫類の長所と短所とを検討し、古今東西の不朽の典籍を、良心的編集のもとに、廉価に、そして書架にふさわしい美本として、多くのひとびとに提供しようとする。しかし私たちは徒らに百科全書的な知識のジレッタントを作ることを目的とせず、あくまで祖国の文化に秩序と再建への道を示し、この文庫を角川書店の栄ある事業として、今後永久に継続発展せしめ、学芸と教養との殿堂として大成せんことを期したい。多くの読書子の愛情ある忠言と支持とによって、この希望と抱負とを完遂せしめられんことを願う。

　一九四九年五月三日

ローウェル骨董店の事件簿

椹野道流

骨董屋の兄と検死官の弟が、絆で謎を解き明かす！

第一次世界大戦直後のロンドン。クールな青年医師デリックは、戦地で傷を負って以来、検死官として働くように。骨董店を営む兄のデューイとは、ある事情からすっかり疎遠な状態だ。そんな折、女優を目指す美しい女性が殺された。その手には、小さな貝ボタンが握られていた。幼なじみで童顔の刑事エミールに検死を依頼されたデリックは、成り行きでデューイと協力することになり……。涙の後に笑顔になれる、癒やしの英国ミステリ。

ISBN 978-4-04-103362-3

ISBN 978-4-04-102056-2